文 庫

31-190-1

明石海人歌集

村井 紀編

岩波書店

目次

歌集　白描……七
第一部　白描……九
診断……一一
紫雲英野……二〇
島の療養所……二七
幾山河……四〇
恵の鐘……四七
鬼豆……五〇
春夏秋冬……五五
失明……七五
おもかげ……八二
不自由者寮……九五
杖……一一〇
音……一一三
白粥……一二七
気管切開……一三八
第二部　翳……一五三
夜……一五五
天……一五七
斜面……一五八
寂……一六二
星宿……一六三
砌……一六四
軛……一六六
軌跡……一六八
奈落……一七〇

錆……………一七三
冴……………一七四
巷……………一七五
年輪……………一七八
譚……………一八〇
昼……………一八二
遅日……………一八三
暁……………一八四
翳……………一八六
作者の言葉……………一九一
白描以後……………一九五
よろこび……………一九六
越冬……………一九七
花咲き花散る……………二〇〇
五月(絶詠)……………二〇一
御快癒を待ちつつ(長歌)……………二〇三
翳 (二)……………二〇五
妻……………二〇六
療養所……………二〇八
協奏曲など……………二〇九
解剖室……………二一〇
白い猫……………二一二
海鳥……………二一三
木霊……………二一五
夜 (1)……………二一八
夜 (2)……………二二〇
春冷……………二二三
病閑……………二二五
音楽……………二二七
新緑……………二二八

水無月……二三〇
七月……二三二
秋涼……二三四
秋日記……二三六
光陰……二三七
裏街……二三九
天秤……二四〇
軌跡……二四二
春泥……二四四
春の三角標……二四六
若き木魂……二四八
化石……二四九
盛夏……二五一
颱風……二五三
錆……二五五
青果……二五六
白描……二五六
譚……二五八
夜……二五九
現……二六〇
奈落……二六一
年輪……二六三
白き餌……二六四
〔解説〕明石海人の〝闘争〟（村井紀）……二六五
初句索引……三一一

歌集　白描

第一部 白描

癩は天刑である。

加はる笞《しもと》の一つ一つに、嗚咽し慟哭しあるひは呻吟しながら、私は苦患の闇をかき捜つて一縷の光を渇き求めた。――深海に生きる魚族のやうに、自らが燃えなければ何処にも光はない――さう感じ得たのは病がすでに膏盲《(ママ)》に入つてからであつた。齢三十を超えて、短歌を学び、あらためて己れを見、人を見、山川草木を見るに及んで、己が棲む大地の如何に美しく、また厳しいかを身をもつて感じ、積年の苦渋をその一首一首に放射して時には流涕し時には抃舞《(べんぶ)》しながら、肉身に生きる己れを祝福した。人の世を脱れて人の世を知り、骨肉と離れて愛を信じ、明を失つては内にひらく青山白雲をも見た。

癩はまた天啓でもあつた。

診　断

診断の日

病名を癩と聞きつつ暫しは己が上とも覚えず

医師の眼の穏《おだ》しきを趁《お》ふ窓の空消え光りつつ花の散り交ふ

そむけたる医師の眼をにくみつつうべなひ難きこころ昂ぶる

言《こと》もなく昇汞水に手を洗ふ医師のけはひに眼をあげがたし

看護婦のなぐさめ言も聞きあへぬ忿《いかり》にも似るこの侘しさを

診断をうべなひがたくまかりつつ扉に白き把子《ノップ》をば忌む

踏む階《きだ》のいたき磨耗《へり》にも思ほゆる子等は睡気にむづかる頃か

雲母《きらら》ひかる大学病院の門を出でて癩《かたゐ》の我の何処《いづく》に行けとか

診断を今はうたがはず春まひる癩《かたゐ》に堕《お》ちし身の影をぞ踏む

行楽の人に群れて上野の山に来つれどまた行くべき方もなく、人なき処をもとめて博物館の広庭をさまよふ

在るまじき命を愛《を》しくうちまもる噴水《ふきあげ》の水は照り崩れつつ

七宝の太花がめのあをき肌夕かげりくるしづけさを冷ゆ

人間の類を逐はれて今日を見る狙仙《そせん》が猿のむげなる清さ

天窓のあかりは高くひそまれる陳列室にひとりゐがたし

おろそかに見つつ過ぐれどマンモスの化石の牙は彎《まが》りたくまし

日暮れて博物館の門を後に、さる夜の夢などを辿る如く一足毎に重る心は踏みゆく石塊の一つ一つにもよるべなき愛着を覚えつつ

あるときは世ののぞみをも思ひてし府立美術館の石壁は黄に

身一つのあらましごとぞ消《け》なば消《け》ね消ぬべくもあらぬ妻子《めこ》が縁《えにし》は

銅像の西郷公は紙つぶてあまた著けたり素足の甲にも

霧《き》らひつつ入る日の涯はありわかぬ家並《やなみ》を罩めて灯《あか》りそめたり

陸橋を揺り過ぐる夜《よる》の汽車幾つ死したくもなく我の佇む

洗面所の鏡にうつる影、昨日に異ならねど、病み頽るる日のさまを思へば、我身ながら已にこの世のものとも覚えず。やがて灯かげ暗き病室の一隅に外套の襟を立てて

今日一日《ひとひ》の靴のよごれをうちまもる三等室に身は疲れたり

子等を妻を木槿《もくげ》年古《ふ》る母が門《と》を一目を欲りつつ帰り来にけり

待てる家妻に言ふべかるあまたはあれど一言にわが癩を告ぐ

妻は母に母は父に言ふわが病襖へだててその声を聞く

うから皆我を嘆かふ室を出で子等の笑《ゑ》まひにたぐひてあそぶ

ありし日は我こそ人をうとみしかその天刑を今ぞ身に疾む

その後

職を罷め籠る日ごとを幼等はおのもおのもに我に親しむ

愛垂《あいだ》るる子を離れきてむなしさよ庭籠《にはご》の餌栗の殻を吹きつつ

生立《おひた》ちて情《つれ》なかりしと我を見むその遥かなる遷ろひをおもふ

癩《かたゐ》わが命を惜しむ明暮を子等がゐまひの厳しくもあるか

家を棄てて

その前夜

咳《しはぶ》くは父が声なりかかるさへ限りなる夜のわが家にふかむ

駅のまへえのきの梢《うれ》にこの暁《あけ》をここだく群れて鴉はさわぐ

幾たびを術《すべ》なき便りはものすらむ今日を別れの妻が手とるも

さらばとてむづかる吾子《あこ》をあやしつつつくる笑顔に妻を泣かしむ

鉄橋へかかる車室のとどろきに憚からず呼ぶ妻子がその名は

昨日《きぞ》の夜を母がつけたる鮎の鮓のにほふ包は網棚に置きぬ

窓の外はなじみなき山の相《すがた》となり眼をふせて切符に見入りぬ

かのあたり兄が夫婦の住居なる夜汽車の窓を過ぐる灯《ほ》あかり

検札のやがて過ぎゆく夜の汽車にあるが儘なる身を横たへぬ

ゆき交ふや夜汽車の闇にたまゆらを向ひ車室の灯《あかり》はなやぐ

紫雲英野

鬼歯朶

南紀のさる温泉にて療養中、失踪せる同宿の乙吉なる若者裏山の奥にて日を経て発見せらる

乙吉がむくろは臭ふ草の上に袷の縞の眼にはたちつつ

遺《のこ》されし眼鏡に翳をおとしつつあを雲の空高くひそまる

とりとめて書き遺すこともなかりけむ手帖にうすき鉛筆のあと

歯朶わか葉夕づく岨《そひ》を帰りつつ山蟹のつめ朱なるを見たり

紫雲英野

紀州粉河の近在に独居して病を養ふうち、たまたま子の訃に接す。事過ぎて既に旬日の後なり

已《すで》にして葬《はふ》りのことも済めりとか父なる我にかかはりもなく

白飯《しらいひ》を器に盛りてあたらしき箸は立てつつ歎き足らはず

昼こそは雲雀もあがれ日も霞め野なかの家の暮れて幽《かそ》けさ

幾年をはなれ棲みつつうつそみのいまはは知らで罷《まか》り果てしむ

ながらへて癩《かたゐ》の我や己が子の死しゆくをだに肯《うべな》はむとす

世の常の父子《おやこ》なりせばこころゆく歎きはあらむかかる際《きは》にも

幾たびをよしと凶《わる》しと惧れてし夜の夢さへや過ぎはてにけり

更くる夜の壁も畳も灯のいろもただしらじらと我をあざむく

幸《さち》うすく生れて死にてちちのみの父にすらだに諦らめられつ

あが児はもむなしかりけり明けさるや紫雲英《げんげ》花野に声は充つるを

うは温《ぬる》む水泥《みどろ》がなかに縞赤き蚯蚓《みゝず》の仔らの生《あ》れてうごめく

紫雲英咲く紀の国原の揚雲雀はかなきことは思ひわすれむ

花散るや双《なら》ぶ仁王の朱《あけ》のさび今日の一日を暮れなづみつつ（粉河寺にて）

萌えいづる銀杏《いてふ》の大木夕づきて灯ともりたまふ鬼子母観音

七七忌の日

童わが茅花《つばな》ぬきてし墓どころそのかの丘にねむる汝《いまし》か

ふるさとの家に帰らば今もかも会はるる如き思ひは歇《や》まず

帰省

各地の療院を転々すること数年、癒ゆべき望みも失せて帰郷

斯もこそ生立《おひた》ちにけれ置きて去《い》にしそのかの吾子《あこ》かやこの羞《はにか》むは

年を経て帰る吾家に手童《たわらは》の父とは呼べどしたしまずけり

留守の間をみまかりし子の位牌に、享年二歳とあるも儚く、尋常なる礼拝のわざなど心に染まねば、黙然と踵をかへすを母の咎めて、「墓参もかなふまじいとせめて香など炷けよ。」と云ひ給ふに

逢見ずて過ぎし位牌に香をたくかかるを我の生れしめてき

縁側の隅の柱に、嘗て手馴れたりし空気銃の金具もいたく錆びたるが逆さまに吊されたり。「雀の執念なるべし。」など母の真顔にいひ給ひけるは我が癩の診断を受けし頃なりき

縁側の壁に彫られし落書も古りし我家に帰り来にけり

家妻と茶を汲みをれば年を経て帰り来たりし吾家ともなき

夕経の持仏にむかふ老《おひ》らくの父が頸《うなじ》はおとろへにけり

日を経る儘になじみそめたる子はお八つの菓子等を頒ちつつ

ふたたびを訪《おとな》ひてよとねもごろにわが童《わらはべ》は我をもてなす

週日の後国立の療養所に向ふ。この度は帰り見む日もはかり難けれ
ばと、妻は子を伴ひて停車場まで見送る

母父《おもちち》に手をとられつつ興じやまぬこの幼きを別れゆかむとす

島の療養所

納骨堂

椿咲く島の御堂の朝たけてせりもちにさす翳《かげ》のしづけさ

置く露のつめたきばかりこの朝のつばき白花もの寂びにけり

朝潟をわたり来りてきりぎしに高築《つ》く石のきざはしを仰ぐ（長島神社にて）

医　局

ついたての白布のかげに牡丹の花朱《あけ》にひそまる内科室の午後

外科室のがらす戸棚にうつりつつ昼をひそかに雲のゆきかふ

蔦わか葉陽に透く朝を窓ぎはの試視力表はほのかに青む

はなし声しまらく絶えて吸入の湯けむりの音とみにさやけし

父母のえらび給ひし名をすててこの島の院に棲むべくは来ぬ

大楓子油

大楓子油は唯一の治癩剤として、週に三回の注射を行ふ

癒えがてぬ病を守《も》りて今日もかも黄なる油をししむらに射《う》つ

注射針の秀尖《ほさき》のあたりふくれゆく己が膚《はだへ》をまじまじと見る

さる手術に
目かくしの布おほふとき看護婦の眼鏡の玉に見えし青き空

白罌粟

白罌粟を甕には挿せど病み重る友の瞳にうごくものなし

ほのかに尿《ゆまり》のにほひしづみつつ重病室にながき日暮れぬ

蚊帳ごしの灯《ともし》にかげをふかめつつ友が寝顔はおとろへにけり

おのづから遁《のが》るるごときおもひもて重病室の廊を帰り来《く》

骨壺

病棟の夕さざめきをともる灯に死しゆくさへや逐はるるごとし

眷族《うから》など来り看護《みと》らふ者もなく臨終《いまは》の際《きは》に遺すこともなし

穿てども咽喉の爛れの夜な夜なを踠《もが》きつくして死にゆきにけり

いやはてに面をおほふ白木綿《しらゆふ》はまなこに沁みてあたらしきかも

亡骸《なきがら》をおくり来りて月あかき解剖室に讃美歌をうたふ

この朝を友豊彦が骨あげの笛吹きならす山の火葬場《やきば》に

繰返す聖歌ながらに手向けゆく黄なるコスモスは柩の上に

小包に送らるるてふ豊彦が遺骨の壺はちひさかりけり

静養病棟

石壁のかこむ空地の昼の空たまたま松の花がらの降る

洗面器の昇汞水は紅褪《べにあ》せてさかしまにうつれる三角のそら

狂ひたる妻をみとりて附添夫となりし男は去年《こぞ》を死したり

石壁は肌あらあらし尋《と》め来つるこの島の院にきちがひも棲む

監房に罵りわらふもの狂ひ夜深く醒めてその声を聴く

盆踊り

いちやうに朱《あけ》の花笠ひるがへす盆の踊りのはなやぎ寂し

大きなる踊り花笠もてあますをさな女童《めわら》の手ぶりは愛《かな》し

見のこして盆の踊りを帰り来る渚の路に水鶏《くひな》鳴きしく

追悼

看護婦奥山姉を偲びて

八木節の囃子かなしく舞ひし夜の衣《きぬ》の綾さへ眼には残るを

大楓子油注射のときを近づきて口覆《マスク》の上に黒む瞳《め》なりし

補助看護

重病室には附添夫あれど、徹夜の看護を要する者には、島人の全員半夜づつ交代にてこれに当る

交代の言葉を言へば目をあげて看護《みと》らるる人も我を見まもる

相知らぬ我に一夜をみとらるる人の眼蓋の皺だちを見守《まも》る

壁の上に時計の音はうすれつつしまらく我のねむりたるらし

窓の空しらみそめたり藤棚も海面の明りもおぼろおぼろに

補助看護の一夜《ひとよ》は明けて枕辺のスタンドの灯の黄ばめるを消す

夜すがらの看護を了へて降りたてば壁の葛《かづら》の露のしづけさ

病める友

日々の主食は麦飯なれば、祝祭日に給与さるる「白飯《しろめし》」は島人の珍重するところ、或はお萩海苔巻など相応の趣向を加へて賞美す。白飯の他の馳走は小豆を煮潰して作れる田舎汁粉にして、会食饗応はもとより、三三九度も之に祝ふ

かたゐ等は家さへ名さへむなしけれ白米《しらよね》の飯《いひ》を珍《とも》しらに食《は》む

島の院の祝言の宴に招かれてをとこをみなの性《さが》をさびしむ

×

帰省の日間近き友とむかひつつ灯《あかり》ともして夕の飯食《いひを》す

消燈ののちのしましを友が語る墓廊《シンヂユ》のこと巫女《ユタ》の婆のこと

註　シンヂユ、ユタはいづれも琉球の言、ユタとは口寄せ、呪などを行ふ女のこと。墓廊、蛇女《(ママ)》の漢字は意味によつて仮に当てたもの。

ある人に

事すぎて良しと悪《わる》しと罵れど時にあたりて身は捨てがたし

ソクラテスは毒をあふぎぬよき人の果は昔もかくしありけり

×

面会の父なる人にあらたまる若き室人《へやびと》の言《こと》を聞きをり

癩に住む島の作業に木を植ゑて安らぐ人の言にしたしむ

×

まともなる問答ものうく神憑《がか》りの翁が言の合間をうなづく

八百万の神々己れに憑《つ》くとなすこのかたくなは侮り難し

幾山河

夜雨

醒めきては涙をぬぐふこれの眼に悔《くや》しくも見き父が臨終《いまは》は
再びをまどろむ夢にさむざむと父は眼を瞑ぢてゐたまふ

夢なりと思ひすつれど老《おい》らくの父が便りの絶えてひさしも

またさらに老いたまひけむ夢見しは別れ来し日の面影なりき

父の訃

文殻をたたみ納めてしまらくの思ひはむなし歎くともなく

白ふぢの鉢のまへにて言はしける別れ来し日の父が眼《まな》ざし

送り来し父が形見の綿ごろもさながらにして合ふがすべなさ

今日の訃の父に涙はながれつつこの悲しみのひたむきならぬ

父ゆゑに臨終《いまは》のきはのもの言ひに癩《かたゐ》の我を呼び給ひけむ

青蜜柑剝きつつ思ふ叱られて幾たび我の父をうとみし

盆栽の蜘蛛をとらへて傍へなる軍鶏《しやも》にあたへき太き指なりき

面会

偶々《たまたま》を逢ひ見る兄が在りし日の父さながらのものの言ひざま

事ごとに我の言葉をさからはずたまたま会へば兄の寂しさ

面会の兄と語らふ朝なぎを青葦むらに波のたゆたふ

うすら日の坂の上にて見送れば靴の白きが遠ざかりゆく

夕あかる室の空しさ帰り去《い》にし我兄《せ》の声は耳にのこりつつ

音たてて螇蚸《はたはた》ひとつ飛びにけりあれぢののぎくおどろがなかを

朝日トーキーニュース

ゆくりなく映画に見ればふるさとの海に十年のうつろひはなし

兄《え》も弟《おと》もひねもす呆《ほ》けし潮あそび日《ひ》焦《やけ》童《わらは》の頃の恋ほしさ

遠泳にめぐり疲れしかの島に光りくだくる白波が見ゆ

我のごとわが子も遊べ飛の魚のかの瀬の鼻を翔くるはあらむ

かの浦の木槿《もくげ》花咲く母が門《と》を夢ならなくに訪はむ日もがな

写　真

井戸端の梅の古木に干されたる飯櫃《おひつ》も見ゆれわが家の写真に

吾子《あこ》が佇《た》つ写真の庭の垣の辺に金柑の木は大きくなりぬ

ありし日を父が愛《め》でにし金絲雀《かなりや》は飼ひ遺されて今も鳴くとか

恵の鐘

恵の日に

皇太后陛下の御仁徳を偲び奉りて

そのかみの悲田施薬のおん后いまを坐《ま》すがにをろがみ奉《まつ》る

みめぐみは言はまくかしこ日の本の癩者に生《あ》れて我悔ゆるなし

恵の鐘

鐘銘には皇太后陛下の賜へる
つれづれの友となりてもなぐさめよゆくこと難き我にかはりて
の御歌を刻み奉る。昭和十年十一月二十日撞初式を行ひ、爾来明六つ暮六つの鐘は日毎に長き余韻を島里に曳く

唱和する癩者一千島山にめぐみの鐘は鳴りいでにけり

今日よりぞ明暮に鳴る鐘の声日毎日ごとの思ひには聴かむ

恩賜寮

暁《あけさ》至るやまづ日のあたる　光が丘の南おもてに　畳なす甍の翠　白珠の

壁に照り映え　真木香る簷《のき》をめぐりて　声近しみめぐみの鐘　波光る播《はり》磨《ま》おほ灘《うみ》　月に浮く小豆島山　高窓の眺めゆたかに　潮足らふ潟を蘸《ひた》して　春の日は躑躅咲き並《な》み　夏の夜は水鶏《くひな》啼きつぎ　白萩の年の深みを　渡り来て鴨の群れ飛ぶ　これは惟《これ》　大宮のおほみ后の　朝夕《よひ》の御膳《みかしは》の料《しろ》　約《つづ》めさせ賜へる家ぞ　身ひとつの疾むに甲斐なく　父母の家をはなれて　人の世の涯なる島に　老いゆかむ乙女の子らの　乙女さび住みなす家ぞ　朝潮に明けの鐘　夕潮に暮れの鐘　磯千鳥声のさやかに　玉の緒の清《す》むべき家ぞ恩賜寮これは

鬼豆

木魚

去る年の秋石井漠氏来園せらる。氏は木魚の音を愛でて屢々伴奏に用ひ、時に自ら之を拍つて門弟の踊るに和す

踊手に木魚打ちつつ見入る漠のまなこの光喰ひ入るごとし

点光に影をみだして踊る漠の素肌の胸を汗はしたたる

芝　居

患者にて組織せる劇団を愛生座と呼び、春秋二回の芝居日には近村よりの来観者に賑ふ

喜多八が関西訛りに啖呵をきる癩療養所の芝居たぬしも

会堂の宵のぬくとさ飛びありく童の声も憎からなくに

除　夜

年祝《ほ》ぎのよそほひもなく島の院に百八つの鐘ただ静かなり

島山の鐘の撞木の丈《たけ》ながの綱手の垂れに朝は凪ぎつつ

元日をきたる年賀の文ふたつうちのひとつはふるさとの子より

追羽子の音もあらなく元日のこの静けさをひとり籠らふ

宵の間の疾風《はやち》は落ちて枯庭に霜は降るらし月かげり来ぬ

砂浜にむしりすてたる白き羽毛《け》のしづけさ深し陰冷《くもり》えつつ

鬼　豆

春未だ木草は萌えず寂び寂びと葉枯れ歯朶山日にしらみたり

縁あかきランプの笠も母が声も熬《い》る鬼豆の香に匂ひつつ

沈丁花

三浦環女史を迎へて

きざしくる熱に堪へつつこれやかの環が声を息つめて聴く

沈丁のつぼみ久しき島の院に「お蝶夫人」のうたをかなしむ

春夏秋冬

春

裏山の歯朶のつもり葉ふふませて昨日も今日も雨のけむらふ

転《まろ》びゐる枯歯朶山の日だまりに近づく声は大瑠璃《るり》のたぐひか

鳶二つ舞ひもつれつつ草丘に昼の陽あしはうつるともなし

うつらうつら眼下海《まなしたうみ》に照り翳る春日のうつろひ見つつ遥けさ

海寄《うみより》の風に堪へつつ閑かなりさくら一むら昼をかがよふ

坂道をくだり来つれば薔薇苑は香に籠りつつうすら日の照る

いつしかもミシンの音はやみてをり立藤のはな黄なる曇りに

いたむ眼を思ひつつ来る温室に護謨の芽だちの紅あはあはし

簀を洩るる陽縞うすれて幽《かそ》けさや朱《あけ》の牡丹の花びら寄りあふ

花びらの白く散りしき牡丹の影一むらにほふ夕日のながさ

柿わか葉一日ののびの夕あかり湯屋の廂に羽蟲は群れつつ

ヒヤシンス香にたつ宵は幽かなり眼のいたみさへ夢に入りつつ

転《さへづ》りのこゑはあかるき板縁に猫かのこせる昨夜《よべ》の足あと

暮春

帰り来て人の語るは死顔に刷《は》きし化粧の清かりしこと

骨あげにしばし間のあり火葬場の牡丹ざくらに蜂は群れつつ

訪《おとな》へば日暮るる縁に佇みて友はしまらく亡き妻を言ふ

松　籟

内務省衛生局予防課長として、歌集『銀の芽』の歌人として我等に親しき高野六郎氏、「恵の鐘を撞きに」と来園せらる

「屎尿屁」の筆のすさびに親しもよ課長の大人《うし》は厳《いつか》しかれど

賓人《まらうど》の撞き給ふらむ高鳴るや鐘の響はほがらほがらに

泰 山 木

鹿児島県星塚敬愛園長林文雄先生の御慶事に――新夫人大西ふみ子先生は曽てこの島の医官たりき

しら花のたいざん木は露ながら空のふかきに冴えあかりつつ

楽生病院以来病める我等の第二の母として喜びをも悲しみをも頒ち給ふ人に

いつの日かわが臨終は見給はむ母とたのみつつこの人に頼《よ》る

波

きりぎしの坂を越ゆれば松の秀《ほ》にうねりは濶《ひろ》き真昼あを濤

梅雨霽れの岸辺をさして沖つ浪崩れつ湧きつひた寄りに寄る

登りきて見放《さ》くる沖のかくり岩うねりうねりを見えて泡だつ

夏至

演習のやがてはじまる松山に夏うぐひすの声しづかなり

萌えいづる椢《むろ》の白芽に降る雨は匂ひあたらし音《ね》のあかりつつ

×

暮れのこる土の乾きに甘藍は鉛のごとく葉を垂らしたり

夕焼の雨にかならしひとときを簷《のき》さきに鳴く一つ青がへる

厠戸のひらき重たく降る雨のやみ間を黄ばむ夕空あかり

夕まけて芭蕉わか葉にやむ雨は砌《みぎり》の石に乾きそめつつ

盛　夏

罨法《あんぱふ》の湯をすてしかば窓下の日蔭の土を蠅の群《むら》だつ

たてこめて茵《しとね》はにほふ暮々を募る暴風雨《あらし》に蠅一つ飛ぶ

風鳴りは向ひ木立にうすれつつ夕べを鳶のこゑ啼きいでぬ

立　秋

庭さきにさかりの朱《あけ》をうとみたる松葉牡丹はうらがれそめぬ

揉む瓜のにほひうすらに厨辺は秋立つ今日を片かげり来ぬ

白楊の梢にたかきうろこ雲夕あかりつつうすれゆくなり

×

夕凪ぐや眼下潟《まなしたがた》にしづむ日の光みだして白魚《はくぎよ》跳びしく

あかあかと海に落ちゆく日の光みじかき歌はうたひかねたり

秋

煙突の黄なる鉱石《いし》船ひとつゐて起重機のおと朝潟に鳴る

地ならしの丹《に》土の下に秋草の萩も桔梗も埋《う》もれてゆきぬ

人の世の涯《はたて》とおもふ昼ふかき癩者の島にもの音絶えぬ

紙うらに滲《にじ》みてかわく墨のあと深夜《ふかよ》をものの声は絶えつつ

暮れおちて冷えさし来《きた》るひむがしの窓をまともに月さしのぼる

拍手

園長光田健輔先生の還暦祝賀会に

緋の頭巾緋の陣羽織童めく園長におくる拍手ひとしきり

ひたすらに癩者療救《ぐ》の四十年わが園長《そのをさ》の今日をたふとむ

楽

隣舎より聞えくる放送の調べを縁に出でて聴きつつ

ことごとく夜天の星はまじろがずエルマンが絃《いと》高鳴りわたる

人間が鳴らす音色のかくばかりかなしかる夜を星はひそまる

ベートーベンの第九交響曲を聴きつつ

うつそ身は聴き澄しつつこの楽の鳴りかはす間も尿《ゆまり》かもすを

死《し》しゆかむ夜のかくもこそ合唱シムフオニイやみて遥かに月しろのさす

姪

これの世を短き命ひたぶるに聡《さか》しくもこそ汝《なれ》の生きしか

汝《な》が描《か》きしうろくづの絵に白菊のまだきを剪りてはるかに悼む

蟋蟀

一夜高熱を発し、後、数日の昏睡の間を、現れては消えし幻影の幾つ

更くる夜の大気ましろき石となり石いよよ白く我を死なしむ

天井の白きにひろがる雨もりを妻子眷族のよりてなげかふ

しんしんと振る鐸音に我を繞りわが眷族《うから》みな逐はれて走る

煉瓦塀高くめぐらす街角に声あり逃げよ逃げよといざなふ

息つめてぢやんけんぽんを争ひき何かは知らぬ爪もなき手と

繰りかへし我の齢《よはひ》をかぞへゐる壁のむかうの声ならぬこゑ

身一つの置き換へらるるおそれより己が名を彫る壁にのぶかに

柱時計三時をさして日のあたり厨の音はもの刻むらし

死にかはり生れかはりて見し夢の幾夜を風の吹きやまざりし

かつてなき光なり朝の空の晴れ幾日幾夜の昏睡を醒めぬ

床下に一つゐて鳴くこほろぎの声のまにまに死にかはり来ぬ

冬

見慣れたる電信柱たふされて窓さきの空今朝を冬めく

前栽に菊菜つみつつこの頃をおこたる母への便りをおもふ

日あたりの病舎の縁にひびきつつ午後の作業は石を斫《き》るらし

門さきに冬木の影のしづかなる入日のなかを帰り来にけり

陽あたりは移りつくして紙障子ほの青みつつ冷えのさしそふ

サンルームの壁に斜めに日のうすれ夕べはさむしものの焦げつつ

×

降りいづる雨あし暗き日の暮れを相撲放送の声あわただし

図書室の灯《あかり》は高く更くる夜の玻瑠戸の闇を氷雨《ひさめ》降りつぐ

壺網

我室の窓の下十歩にして海なり。涯は六合を繞る潮も、この島の入江ふかく入り来たりては、海とよりは池なり、池とよりは泉水なり。しかも、四季昼夜のわかちなく漁師等来りすなどる。或は半夜舷を鳴らして魚を逐ひ、或はささやかなる発動機船を動かし来りて、魞（ゑり）の如く張りめぐらせる壺網てふを揚げ夜の間を迷ひ入りし小魚の末をまで漁りつくす

海よりに舷《ふなばた》たたく音さむしこの夜のふけに何を獲るとか

蘸衾《むしぶすま》かづき臥す夜を蜑《あま》の子はすこやかなれやすなどり叫《おら》ぶ

この朝も石油の料《しろ》に足らずよと芥のごときを舟に投げこむ

なりはひの険しきを言ふ蜑の老つくづくと見て我儕《われら》を羨《とも》しむ

失明

夜盲症

遠からぬ路べりの灯の見えわかず鳥目といふも身の衰へか

消えのこる肝油の臭ひは悪《にく》めども鳥目すらだに癒え易からぬ

角膜炎

角膜の白濁次第に募れば、軟膏塗布も結膜下注射も瞳孔切開も角膜剝離の手術もすべて甲斐なく

近づきてその人ならずおろそかに向けしゐまひの冷えゆく暫し

盲ひくれば人の眼色の弁《わ》きがてに或《ある》はよしなき物言ひもしつ

角膜の濁りはすでに抜きつつアルバムにさへ親しみがてぬ

降る雨の日暮はさむしあはあはと壁のよごれに灯は滲みつつ

暗室

ふかぶかととざす眼科の暗室に朝は炭火のにほひ籠らふ

照明の光の圏にメスをとる女医の指《および》のまろきを見たり

眼神経痛

しづかなる友の寝息やいつしかも盗汗《ねあせ》の衣《きぬ》の更ふべくはなりぬ

更へなづむ盗汗の衣にこの真夜を恋へば遥けしははそはの母は

夜すがらの眼のいたみをまもりきて暁はやき囀りを聞く

まじまじとこの眼に吾子を見たりけり薬に眠る朝のひととき

おぼろかに器の飯の白く見えてをだやむいたみに朝を過《す》ぐしぬ

聴診器のややに冷たき肌ざはりたまたま障子に陽の明り来ぬ

失明

眼神経痛頻に至る。旬日の後眼帯をはづせば已に視力なし

拭へども拭へども去らぬ眼のくもり物言ひさして声を呑みたり

くもる眼をみはりつ瞑ぢつ直心《ひたごゝろ》やうやくにして黙居《もだゐ》に堪へず

いつをかはこの眼の明りの還るべく思ひたのみて茵被《しとねかづ》きぬ

眼帯にやがてをぬるむあぶら薬かくてぞ我の盲《し》ひはてぬらむ

昼も夜も疼きつくしてうつそ身のまなこ二つは盲ひ果てにけり

眼も鼻も潰《つひ》え失《う》せたる身の果にしみつきて鳴くはなにの蟲ぞも

我のみや癩《また》に盲《し》ふるにあらねどもみはる眼にうつるものなし

幾人の友すでに盲ひいまは我おなじ運命《さだめ》を堪へゆかむとす

懼れこそひさしかりしか盲《めし》ひての今朝はしづけき囀りを聴く

ひとりなる思ひに耽る眼のあらば妻への便はものさむ夜《よべ》を

おもかげ

鳶の輪

下村海南先生を迎へて

首あげて盲の我のうちまもるおん顔と思ふ声のあたりを

しまらくも都の風《ふ》りは忘れませ鳶啼く島に昼のながきを

消息

時々の遷りかはりを細々と報せくる母が便り。猫板に巻紙を展べて書かすらむ姿の目にうかみては、仮名文字の一つ一つ金泥の経文にもまさり、盲ひ来りては傍ら人の匆卒に読みさる一字一句にもしろがねの鍼もて打たるるごとく、父の訃、兄の病、子の生ひ立ち、さては庭の葡萄の実りまで、喜びも悲しみもやがて声なき歎息の幾たび。絶えて久しければ胸さわぎ、披きては其の後をうち案じ、いづれも歎きならぬはなし。

をりをりを思ひいでつつ見えぬ眼に母への便りを今日も怠る

音信《おとづれ》の今日はありたり老《おい》らくの母が言葉はながからねども

亡き父が三めぐりの日の落雁も母より届く小包のなかに

友が言ふあや目を眼にはうかめつつ母より届ける衣《きぬ》を被《かづ》きぬ

この頃を便り遠のく兄が家はつつがなきらし金絲雀《かなりや》どちも

おもひで

秋雨の昼をこもりて抽斗《ひきだし》にふるき象棋《しようぎ》のこゝまも見いでぬ

天井に洋燈の灯かげ円くさしわが弟は生《あ》れゐたりけり

その翌《あけ》の弟《いろと》が頰のはからざる冷たみを吾がひとり畏れぬ（弟急死す）

余のことの覚えはあらね棺をとぢて泣きたまふ母を父の咎めし

石の面に彫れば冷たき弟《おと》が名やわが世の翳《かげ》ぞかくも兆《きざ》しし

弟が死にゆく夜をねむり呆《ほ》けし我をある日の母の言はしつ

さ庭なる核《たね》なし柑子《かうじ》のよき熟れは母が昨日の便りにありき

茶器棚のけやき戸の理《め》のみだれさへ母を憶へばつばらつばらに

面会に来むとのたまふ老母を道の遠きに我いなみたり

悌（その一）

病む我に逢ひたき吾子《あこ》を詮ながる母が便りは老い給ひけり

遡《さかのぼ》る記憶のはてにむなしかる父我ならし逢ひたかるべし

目にのこる影はをさなし離《さか》り住む十年の伸びは思ひみがたし

父我の癩を病むとは言ひがてぬこの偽りの久しくもあるか

すこやかに育てばまして歎かるる幼き命わが血をぞ曳く

思ひ出の苦しきときは声にいでて子等が名を呼ぶわがつけし名を

天刑とこれをこそ呼べ身ひとつにあまる疫《えやみ》を吾が子に虞る

歌がるた

夕はやき臥床《ふしど》にをれば　松の内今宵かぎりと　隣間に遊ぶ歌がるた
『久方の光のどけき春の日に』　読む声も拾ふ声も　ほれぼれと興じさざめく　源平合戦坊主めくりと　ありし日は我も遊びき　熱に臥す夕くらがりに　盲《し》ひし眼を見ひらきをれば　歌がるた歌のあまたの　歎きさへ　いにしへ人のめでたかりにし

曽　遊

ひとしきり跳ぶや海豚《いるか》のひかりつつ朝は凪ぎたるまんまるの海

×

揺れやまぬ檣《ほばしら》の秀《ほ》に掃かれつつひときは明きは何の星かも

×

大陸の彼処にをはる夕あかね古りし砦は海の涯に見ゆ

×

富士が根の萱生高原うちわたす空の涯より風つぎわたる

国二つ此処に分るるすすき原蛇干す家村を覆《お》ふ空の蒼

かへり見る檜原の涯のひとところ山中湖《うみ》は暮れのこりつつ

×

あまねかるその名はあれど古への彫師が遺す猫のさびしさ（日光）

滝壺は霧しぶきつつ轟けり踏まゆる巌根もとどろとどろに

滝つぼ路還り来つれば日のひかり白樺むらは筒鳥のこゑ

×

アカシヤの並木花咲く夕《よひ》ばかり古き駅《うまや》のかなしきはなし（紀州粉河）

河はらに白き傘干す冬日ざし堰の網代《あじろ》は曝《さ》れ乾きつつ

俤（その二）

別れ来て十年にあまるこの頃を妻がたよりはかたじけなしも

朝粥のうすきにほひに思ほゆるひさしき年を離《か》れ棲みにけり

あらぬ世に生れあはせてをみな子の一生《ひとよ》の命をくたし棄てしむ

地獄にも堕ちなば堕ちね我為に孤《ひとり》をまもるをみな子は愛《を》し

癩すでに盲《し》ひつくしたるおとろへに妻をしおもふ居むかふがにも

糊口《くちすぎ》のその日その日にわが知らぬ小皺もさして孀《やもめ》さぶらむ

人づてにものす便りは吾妻《あづま》にもただ健かにゐよとのみこそ

梨の実の青き野径にあそびてしその翌《あけ》の日を別れ来にけり

子をもりて終らむといふ妻が言身にはしみつつ慰まなくに

健けきをの子の偕《とも》にあり経《へ》よと言はるるもまた寂しからまし

不自由者寮

転　居

入園以来六年を過したる室を出でて、不自由者寮に入る

転室の挨拶をかはすこの人と壁をへだてて幾年なりけむ

父の訃はここに読みけり夕はやき窓を開けば水鶏《くひな》遠鳴く

引越しの荷物もちだす縁さきに盲の我はとりのこされぬ

手伝人わが事のごと振舞へりをかしきやうにて笑ひ難しも

手さぐれば壁にのこれる掛鏡この室にして我盲《めし》ひけり

慰問品

盲人その他起居の自由を欠くものを不自由者と呼び、附添夫をして衣食の用を弁ぜしむ。附添夫も病者にして軽症のもの之に当る。不自由者には月々慰問の品を給与せらる。

不自由者となりはてぬれば己が名に慰問の餅も届けられたり

手にのせて重りごころもわりなけれわが名にいただく経木包は

歯にしみて慰問の餅の冷えなすも不惑には至らぬ命なるべし

世の中のいちばん不幸な人間より幾人目位にならむ我儕《われら》か

己にはさまで不運ならぬかに思ひてゐるも不自由者我は

立春

降りたちてなじまぬ下駄のおもみにも籠れる冬は久しかりにし

友が読む書《ふみ》を聴きつつあぐらゐの寒くもなれば茵《しとね》に帰る

鳴き交すこゑ聴きをれば雀らの一つ一つが別のこと言ふ

日あたりの暖かからし雀一羽窓さきに居ていつまでも鳴く

やむ雨の宵あたたかし前栽の冬菜はやがて薹《たう》にたつべし

雨一日訪ふ人もなく夕暮れて塒《ねぐら》すずめは鳴きひそまりぬ

縁にゐて夕べはどよむもの音の寒からぬほどの春にぞありける

晩春

目ざむればほのかに明き室のなかたまたま昨夜《よべ》はよく眠りたり

簷《のき》さきに声けたたましこの朝を雀らの世に事のあるらし

暮六つの鳴りて間のある空明りおこたりひさしき浴《ゆあみ》思ほゆ

熱に臥す面《おも》にまつはる蠅ありて夕餉ののちの明りひさしも

臥《ね》てをればひびきは遠き船の笛かかる夕べの幾たびなりけむ

夫婦舎に移れる友に贈らなむ花がめの肌に手を触れてをり

五月雨

放送の予報ものうく葉ざくらの日本《にっぽん》ぢゆうに降る雨ならし

今をある運命《さだめ》は知らず努めしをあだなりしとはつひに思はず

入学試験合格の日の空のいろこのごろにして眼には冴えつつ

前栽につぎて色づく枇杷いちご聞きつつ母の便りたぬしも

粽

紙鳶の糸のもつれに苛《いら》つ　我の掌《て》に　蒸しなすや粽賜《ちまきた》びにし　とある日の母が面影　むらさきは手《て》絡《がら》なりしや　昨夜《よべ》父といさかひ給ひき　手に温《ぬく》む粽剝きつつ　あやしくも頰をほてらせ　童我こよなく羞ぢける　遥かなりけり　この島の院に盲ひて頂く　不自由者慰問の　餅の匂ひ葉剝きつつ憶へば

剝くからに柏の餅の香に匂ふ頰赤《ほあか》童のこの日かの日は

結ふ髪のさやけき母を童わが見つつひそかにたのしかりしも

いまだきに生《お》ひし白髪を染め給ふある日さびしき母を見にけり

湯浴する母が乳房に黄ばみたる皺のたるびのまざまざと見ゆ

彼

今にしておもへば彼ぞ癩なりし童のわれと机並《な》めしが

彼《か》の指に癒えては破《や》れし傷一つ今にして且つ眼にはうかみ来《く》

わが病あるひは彼に受けたらむ童《わらはべ》の日のしかも親しさ

我疫《わがえやみ》童の日にこそ受けたらめふるさとの吾子よ病むな伝染《うつ》るな

わが病むも彼ゆゑにかも思ひいでて或は疎みあるひはいたむ

清　書

送り来し吾子が清書は見えわかね相逢ふがにも涙のにじむ

母を訪はむ春の休暇を待ちわぶる吾子の童の文は聞きをり

相会ひて妻子二人のむつむ日を夕くらがりの臥床《ふしど》に思ふ

夜の夢に笑まひて消えし眼差《まなざ》しの思ひを去らず寒き日すがら

小春日

帰省する友を送りて

偶々《たまたま》に秋の日なかを降りたてば眼にはうつらね空のはるけさ

帰省する人を見送る砂丘に昼を鳴きつぐこほろぎのひとつ

この浦をかくて往きにし幾人の遂に還らずその誰彼は

家なりし噴井の音はわすれつつこの島にして命をはらむ

発動船《ぽんぽん》の音遠ざかる砂丘の秋日のぬくみ肩さきにしむ

大掃除

大掃除を避《よ》けて籠らふ火葬場の昼をしづかにうぐひすの鳴く

大掃除の縁に汲むなる茶のはしら家なりし日の斯《かか》るもありき

おほ掃除すみてひろらにわが室の畳の上を風の吹きぬく

畳替

話好きなる畳師の翁も病者の一人なり

畳師の悔《くや》むともなく言ひつるは惜しみなくすてし薬料のこと

ふるさとの海にゆたけき漁を言ふこれの翁は酒の好きとか

弟子などは足手まとひと膠《にべ》もなき老の訛りもその人ならし

言ひ据ゑておのづからなる訛すら職に老いたる頑《かたくな》の好さ

ながらむ世すぎの料《しろ》に習ひてしその職に居て島になじむか

癩に住む島に盲《めし》ひて秋一日替へしたたみをあたらしと嗅ぐ

ともしくも残る月日かはぎ替へし今日の畳のにほひ身に沁む

畳がへすみてはめこむ紙襖友ははげしき夕映を言ふ

清《すが》むしろにほへる部屋の壁ぞひに白き茵《しとね》をのべて長まる

杖

潮　音

医官内田守博士は守人と号し、水甕社同人として歌道にも練達の人、公務の傍ら寸暇を惜みて療養短歌の普及に尽瘁せらる。

時ありて言《こと》にもたがひ癩者我れ癩を忘れて君にしたしむ

衰へし命のはてはこの大人《うし》に頼《よ》り縋りつつ安らがむとす

菊

医官小川正子先生病む

この島の医官が君の少女なす語りごとこそ親しかりしを

かりそめに病み給ふにも秋のはやさ庭の菊は香には寂びつつ

南京陥落

日支事変酣に職員看護婦など相つぎて出征す

世は今し力を措《お》きて事は莫しますらを君を往けと言祝《ことほ》ぐ

顧みて惧れなけなくに盲我戦況ニユースをむさぼり聴きつつ

南京落城祝賀行進の日取のびて固くなりたる饅頭をいただく

島にも防空演習の行はれて

鳴りいづるサイレンに次ぐ非常喇叭やがて外面《とのも》に足音さわぐ

秋逝く

あたらしき足袋のこはぜはかけがてぬ窓さきに来て百舌《もず》の高鳴く

秋ふかき昼のひそけさ膝にくる猫にむかひて物言ひかけぬ

膝に来て眠る仔猫のぬくもりのそこはかとなき雨の降りつぐ

さ夜ふかく目醒めてをればさしなみの隣の人の欠伸するこゑ

仔の牛がバケツなりしを飲みほして配給の乳今日は来らず

幾年をかくてありけり盲わが起き臥す窓のすずめ子のこゑ

暦

疼《や》む腹は暫し間のあり更くる夜の玻璃戸に凍みて雨の降りつぐ

疼む腹は撫であぐみつつ俯伏して或は宵の秋刀魚《さんま》を憎む

足袋のまま眠るならひをこの夜は寝返る度に思ひかかはる

やがて薄らぐいたみに、童の日の事などとりとめもなく思ひいでては

三りんぼう天一天上壁の上のこよみは奇《あや》し生きもののごと

きのへ子《ね》の宵の炬燵の物語り父のあぐらの酒の香に聞く

霜

年ごとのおとろへはあり片寄りによれる敷布を展べつつ思ふ

黒き蛇飛びかかるとき目醒めたり深夜は乾《から》ぶ痰に咽せつつ

夜すがらを脊柱の冷え夢に入りうつうつと聞く一時二時三時

親しきが一人一人に失《う》せゆきて今はこの身の待たるるごとし

風邪ひかば息塞るとふ喉の腫れに夜毎をしみて冴えのまさり来《く》

灯

山田信吉君は琉球の人、我為に眼とも手ともなりて衣食の事はもとより煩瑣なる草稿の整理まで一手に弁じたりしを、かりそめの病に急逝す。

隣室にもの音のする夕暮を昼餉のすまぬひもじさに居り

今朝は我に箸も添へしを君が往きし重病室に灯ともる頃か

×

病室に君危篤なり午前二時人みな往きてあとのひそけさ

×

くらがりの褥《しとね》に膝をただしつつ君が命をひたすらに禱《の》む

夕暮の臥床に聞けば君を焼く火葬場にたつ讃美歌のこゑ

春はやき蚊の声ありて信吉の灰となりゆくこの夜は深む

遺されし机の板の冷たみに頬をあてつつ涙のごはず

この秋は帰省して母を見むと言ひゐたりしを

身に著けて帰るべかりしその衣《きぬ》は遺骨の壺《つほ》に添へて送らむ

杖

事ともなく往き来なしけるこの道も杖の先には捜りわづらふ

捜り行く路は空地にひらけたりこのひろがりの杖にあまるも

泥濘《ぬかるみ》に吸はれし沓《くつ》をかきさぐる盲《めしひ》にこそはなり果てにけれ

杖さきにかかぐりあゆむ我姿見すまじきかも母にも妻にも

さぐり行く裏山路の暁《あけ》の空晴れたるらしもさへづりの澄む

×

杖立てて佇みをればしたしさよ誰彼の声の言ひかけて行く

声かけて傍へを過ぐる足音の一人一人をおもかげに繰る

路べりに杖を立てつつ朝まだき入江にはやき爆音を趁《お》ふ

ひとしきり葦生をわたる朝あらし眼を瞠りつゝ聴きとめにけり

夢

人なかに行きあひし父を夢ながらなほざりに見て思ひにのこる

命はも淋しかりけり現《うつ》しくは見がてぬ妻と夢にあらそふ

草餅

愛国婦人会岡山支部より草餅を贈らる

春なればよもぎの餅も食《た》うべよと添へて賜はる言《こと》のよろしさ

霞たつ吉備《きび》の春野の若よもぎおよび染めつつ摘ませけらしも

音

声

ヘレン・ケラア女史の放送を聴く

放送のこの人の声を島の院に盲《し》ひつつ聴けばなみだし流る

我が手足の麻痺症状のすでに久しきを思ひつつ

この語る声も言葉も悉く皮膚より得てしその皮膚のよさ

前栽

盲《めし》ひてはおのれが手にはつくらねど庭のトマトの伸びをたのしむ

偶々《たまたま》を訪ひ来し声は前栽のトマトの伸びのよろしきを言ふ

盲わが臥《こや》りてをれば庭さきのトマトを盗む足おとのあり

音

読書きに借らむ人手をおもひつつ縁に夕づく物音を聴く

盲《めし》ひてはもののともしく隣家に釘打つ音ををはるまで聞く

行きすぐる足音幾つ我家をめぐりて夕べのどよめきに入る

いささかの嘔気《はきけ》去りやらぬ午さがり隣のラヂオ静かに鳴りつぐ

窓先に足音の来て夕まぐれ木草の立《たち》に水そそぎをり

朝たけし室のかそけさ手捜りに窓をひらけばまた音もなし

歌

夜すがらを案じあぐめる歌ひとつ思ひにはあり朝粥の間も

息の緒のよりて甲斐ある一ふしの豈なからめや盲《めし》ひたりとも

葦の葉を捲きて鳴らして朝明は一生《ひとよ》にきはまる命おもはず

白粥

蝸

夏立つや夕べをはやき麻《あさ》蝸《がや》の去年《こぞ》のにほひにしみて転臥《ころぶ》す

水鶏《くひな》の声遠のきてをりをりに麻蚊帳のすそ畳をすべる

ときをりを枕辺に来る蚊のこゑの一つ二つの打ちかねてけり

路樹

立ち出でて路樹四五本のそぞろゆき暑しと言ひつつ我の息づく

伴れられてあゆむ木蔭は肩さきに照り翳りつつ朝の日暑し

坂路を登りつめしも大儀さよ潰《つひ》えし咽喉は呼吸《いき》に鳴りつつ

乙鳥

おほらかに羽根鳴らしつつ乙鳥《つばくらめ》梅雨ぐもる朝の窓を出で入る

電燈の紐のあたりのつばくらめ忘れてあれば鳴き交しけり

読む声のかつもつれつつ暫《しま》らくのけはひは友の居睡れるらし

つばくらめ一羽のこりて昼深し畳におつる糞《まり》のけはひも

水鶏

隣室の友逝く。母なる人急を聞きて郷里より来訪せらる。

壁越しの嫗が声は亡きあとの室を訪ひきて歎かふらしも

たらちねの母なりければ島の院に死なせし命の短きを言ふ

おのが身の悼まるるがに亡き友が母なる人の挨拶を受けぬ

畑つくり巧みなりしよ遺されしトマトの畠に佇《た》ちつつおもふ

初七日の日隣室にてささやかなる回向をいとなむ

南無大師遍照金剛の絵すがたに友が俗名を添へて灯ともす

梅雨ばれの夕べをながき読経《どきやう》のこゑ襖はづせる縁にゐて聞く

おのおのに菓子すこし貰ひ帰りゆき一七日のことははてたり

事はてて帰る弔者の跫音に義足のきしみのありて遠のく

初七日の友が供物《くもつ》の枇杷の実をむきつつをれば水鶏《くひな》鳴きつぐ

荒《あら》ましき起居《たちゐ》なりしもこの夜をば厠にもたたず咳《しはぶ》きもせず

白粥

衰へし腸のいたみに　ひさしくも頂く白粥　医局よりの許可伝票　炊事場に届けば　この島の飯の器の　飯盒の蓋に盛れるを　舎の人の交るがはるに　運び下さる幾年の　雨の日は雫滴たり　風の日は散りこむ松の葉　時にうすく或は固く　かにかくに甘《うま》からねども　げに幾人の煩ひに　頂く粥ぞこの白粥は

反歌

飯盒の蓋に冷えたる白粥のうすきにほひに明し暮すも

跫音

跫音は外《と》の面《も》をゆき過ぎ　附添の友は帰らず　五時の鳴りやがて六時の　ラヂオなる唱歌は歌へど　盲ひ我が夕餉のすまぬ　ひもじさに思ふともなき　遠き日の妻が怨言《かごと》　わが晩き帰りを言ひき　枇杷の果《み》の窓にあからむ　共棲は短かかりしよ　癒えてこそ帰るべかりし　その後の二年三とせの　いつしかも十年にあまる　今はもよ　生きて見るべき我とは待たじ

送　別

隣室に年久しく住み合せたる松岡茂美君の帰省を送る

まづ一つと我が手にとらす饅頭のささやかにして君を送るか

この島の骨堂にして再びを逢はなむと言ふたはむれならず

防空演習の警笛《サイレン》ひびく朝の縁にまた会ひがてぬ人と別れぬ

乳　臭

あやされて笑ふ声音《こわね》も乳の香もこの島にして児《ちご》のめでたさ

片言のこゑの清《すず》しさかたゐ我抱きねと言はれて児《ちご》をおそれぬ

ありし日の吾児がおもみの覚ほゆるこの片言ぞ乳の香にしむ

帰雁

わが骨の帰るべき日を歎くらむ妻子等をおもふ夕風ひととき

春ならば襖ひらきて通夜の座に白木蓮《はくれん》しづく闇を添ふべし

その夕《よひ》の老松原の塚ふかくとどろとどろに神もはたたけ

秋ならば庭の葡萄の一房のむらさきたかき香を供養せよ

冬ならば氷雨《ひさめ》もそそげ風も鳴れ冷たく暗き土に還らむ

春至《さ》らば墓の上なる名なし草むらさき淡き花を抽《ぬ》くべし

秋まひる犬えびづるの実の白みつぶらつぶらに子等を唆るや

曼珠沙華くされはてては雨みぞれそのをりふしの羽かぜ囀り

気管切開

異状注射

夜中異状あれば看護手出張して応急の手当をなす。之を異状注射とよぶ。或夜激しく胃の痛むことありて、二度までも当直の看護手を煩はす。

胃袋の疼《いた》みのやめば胸の頭《づ》の諸々のいたみなべて収まる

身体ぢゆう何処にも残る疼みなく此夜の明を眠たくなりきぬ

麻痺

癩の兆候は麻痺なり。四肢のさきよりひろがる知覚麻痺に、針にて刺すも火にて焼くも更に痛みを覚えず。次第に募れば全身の皮膚粘膜を犯し、遂には、舌咽喉眼球にも及ぶ。癩の最後の症状も亦麻痺なり。

朝醒めて指に見つけし火ぶくれの大きからぬは憎からなくに

痂《かさぶた》の剝がれしあとに具はりて指紋文《あや》なすこのいみじさを

朝明をもよほす悪寒《をかん》にたづぬれば人差指に爪ぞ失せたる

いつしかも脱失《ぬけう》せてける生爪に嘗《な》むればやさし指の円みは

指《および》より肘にひろがる火ぶくれの己がこの手ぞゆゆしかりける

×

耳の孔さぐらるるときともしくもここに残りて痛覚はあり

しろがねの針をたつればしかすがに眼の球に潜む痛みは厳し

鼻

鼻翼萎えて年久しく通ずることなかりしが、たまたま人に教へられて紙巻煙草の吸口を挿むに、片方は潰えつくして用をなさざれど、残る一つは幸に気息を通ず。

挿す管の鼻よりかよふ息の根のこのめでたさは幾年ぶりぞ

おのづから出で入る息の安けさや鼻に挿したる管は鳴るとも

鼻ありて鼻より呼吸のかよふこそこよなき幸《さち》の一つなるらし

されど、もともと身に具はるものならねば

息づけば鼻に挿したる紙筒のかすかに鳴りて眠りがたしも

喉

病は喉頭に及び声の嗄れてより年余、この頃に至りてやうやく呼吸困難を加へ、深夜の乾気に咽せては屢々気息を絶つ。

起き出でて嗽ぎしはぶく真夜の縁隣の室に心を置きつつ

幾たりのかたゐを悶え死なしめし喉の塞《つま》りの今ぞ我を襲ふ

辛くして吸ふなる息を咳きに咳くこのひとときぞ命がけなる

総身の毛穴血しぶき諸《もろ》の眼のはじけ果つべししかも咳きに咳く

折から防空演習中なりければ

警笛《サイレン》は夜天に鳴れど鳴り歇めどい這ひ転伏《ころぶ》しわが喘ぎ咳く

根《こん》かぎり咳きしはぶけど乾《から》びたる痰のねばりよ喉をはなれず

刻々にけしきを変ふる死魔の眼と咳き喘ぎつつひた向ひをり

人皆の眠りひそまる夜の底になにの因果をわが咳きやまぬ

二十億の他人の息のかよふともただるる喉にわが息は熄《や》む

咳く咳を悶《も》搔《が》きつくして横たはるこのひとときの黙《もだ》の虚しき

夜一夜を咳きて明せばうつうつと昼はひねもす腹空きなさぬ

うつうつと眠るともなき日の暮を母が声のす夢としもなく

夜毎四度五度を起き出でてしはぶき嗽ぐにもなれつつ

含み鳴く夜鳥の声のかそけさを咳き咽びつつ聞きとめてをり

さやかにはえ鳴かざりけり夜の冴えに声をふふむは何の鳥かも

夜な夜なを嗽ぐならひの縁先に蟲の鳴く音はともしくなりぬ

辛くして息の根通ふ喉の孔に沁みて夜寒は冴えまさりつつ

癒ゆるなきただれなりとか息づまる喉鳴らしつつ深夜を寝《い》ねず

なりゆかむ果は思はず吸ふ息の安らふ暫しを眠らむとすも

この冬はこの冬はとをおそれつつかそけき命を護り来にけり

朝

明六つの鐘は鳴りいで　から風の一夜は明けぬ　起出でて何とはなけれ　息づまる喉のただれに　咳き喘ぎ寝ずて明せば　健かに人のとよもす　朝音《と》は宜《よ》しも

入室

気管切開のために重病室に入る

載せられて担架に出で来ぬわが室をめぐるけはひは聞きのこしつつ

病室の扉口《とぐち》と思ふおもりかに額にせまる石壁の冷え

今日よりのこの六尺のわが天地寝台のくぼみにそひて長まる

這入り来てひた咳きに咳くひとしきり此室の気の我には蘞《えぐ》さ

臥《ね》てをれば片面にあかる窓の下に迫れる海は今日をひそまる

大阪にて育てりといふ十あまりなる少年、肺結核を併発してすでに声も嗄れゐたりしが、入園以来月余をこの病室に送りて、とある夜をひそかに歿（みまか）る。

しまらくを足音《あのと》はみだれ亡骸《なきがら》の運び去られてまた音もなし

わが眼にも仄白みつつ遺されし寝台《ベッド》に今朝の日はあたるらし

明暮を隣寝台《ベッド》にもの食ひし童吾一は昨夜《よべ》を先立つ

気管切開

高々と手術の台に置かれたり噴く湯けむりの音のもなかを

気管切開はじまらむとす手術台めぐらふ人の黙《もだ》しき暫し

気管切開てふ生きの命のうつろひを見つめては居り怖れもしつつ

切割くや気管に肺に吹入りて大気の冷えは香料のごとし

幾夜《いくよさ》を喘ぎあかして気管切開をはれる台に睡気さし来ぬ

このままにただねむりたし呼吸管いで入る息に足らふ命は

また更に生きつがむとす盲我くづれし喉を今日は穿ちて

喉穿りて横たはる夜の素硝子の窓にはらぐ霰ひとしきり

うつうつと眠りつ醒めつ夜もすがら附添ふ人の身じろぎを聞く

呼吸管かよふ息音《ね》は身にしみて幽けくもあれや深夜《ふかよ》冴えつつ

まともなる息はかよはぬ明暮を命は悲し死にたくもなし

父なる我は

子も妻も家に置きすて　天刑の疫《えやみ》に暮るる　幾とせを　くづれゆく身体髪膚に　声あげて笑ふ日もなく　いつはなき熱のみだれに　疼きては眼をもぬき棄て　穿てども喉のただれの　募りては呼吸《いき》も絶えつつ　死しはあへぬ業苦《ごふく》の明暮　幾人はありて狂へり　誰れ彼は縊れもはてぬ　ながらへて人ともあらず　死に失せて惜まるるなき　うつそみの果にしあれど　あが父の今か帰ると　そが母も共に待つらむ　吾家なる子等をおもへば　壊《く》えし眼の闇もものかは　世にありて人の測らぬ　歎きをもなげかむ　惧れをも敢ておそれむ　天国はげに高くとも　地獄こそまのあたりなれ　次ぐ夜の涯は知らねど　副ふ魂《たま》のかぎりは往かむ父なる我は

朔

おほかたは命のはての歌ぶみの稿を了へたり霜月の朔

かたゐ我三十七年をながらへぬ三十七年の久しくもありし

第二部　翳

単なる空想の飛躍でなく、まして感傷の横流でなく、刹那をむすぶ永遠、仮象をつらぬく真実を覓めて、直観によつて現実を透視し、主観によつて再構成し、之を短歌形式に表現する——日本歌人同人の唱へるポエジイ短歌論を斯く解してこの部の歌に試みた。

その成果はともかく、一首一首の作歌過程に於て、より深く己が本然の相に触れ得たことに、私はひそかな歓びを感じてゐる。

夜

夜な夜なを夢に入りくる花苑の花さはにありてことごとく白し

更くる夜のおそれを白く咲きひらき夢にはさむき花甕を巻きぬ

ひとしきり灯《ともし》のをちに露をよぶ黒松属のこゑをおそるる

かたはらに白きけものの睡る夜のゆめに入り来てしら萩みだる

風の夜のまことしやかな暗がりを声ばかりなる賑はひのゆく

己が吹く笛の音いろをうとみつつこの夜の更に聞く声の莫《な》さ

この夜をば我夜とたのむ灯を掲げ絶えてひさしきもの言ひもしつ

脈鳴りの絶えつつねむる幾夜《いくよさ》を闇にめぐり遭ふ跫音もなし

天

大空の蒼ひとしきり澄みまさりわれは愚かしき異変をおもふ

蒼空の澄みきはまれる昼日なか光れ光れと玻璃戸をみがく

蒼空のこんなにあをい倖をみんな跣足で跳びだせ跳びだせ

掻き剝がしかきはがすなるわが空のつひにひるまぬ蒼を悲しむ

涯もなき青空をおほふはてもなき闇がりを彫《ゑ》りて星々の棲む

ひとしきり物音絶ゆる簷《のき》をめぐり向日葵を驕らす空の黝《くろず》む

斜　面

ある朝を白む日暈はひとしきり顱頂めがけて麦笛を吹く

ひたぶるに若き果肉をかがやかす赤茄子畠にやすらひがたし

飛びこめば青き斜面は消え失せてま下にひろがる屋根のなき街

蟬の声のまつただなかを目醒むれば壁も畳もなままと赤し

わたる日のくるめき堕ちし奮ふかく青き毒魚をむしりて啖《くら》ふ

白き手の被害妄想をのがれくる空にまつ黄なる花々尖《とが》る

円心の一点しろく盲《めし》ひつつ狂はむとするいのちたもてり

狙ひよる蛇の眼もなく斬りかかる狂人《きちがひ》もなくダアリヤ赤し

色あをき果肉の肌にうもれつつ世にあきれたる夢は見てゐき

銃口の揚羽蝶《あげは》はつひに眼《ま》じろがずまひるの邪心しばしたじろぐ

赤茄子の落つる日なかをうつうつと海魚の肌の変色は見ぬ

無花果《いちじく》の饐《す》えて落ちたる夕まぐれかのときを我なにと言ひけむ

まのあたり向ひの坂を這ひあがる日あしの赤さのがれられはせぬ

紙襖はらひて高き蚊帳をつり生れ来し日をやすらがむとす

こもり沼《ぬ》のまひるの陰《くも》りひところを鳴きてやみしは何の声とか

海鳥のこゑあらあらしおもひでの杳《とほ》きに触るる朝のひととき

かたくなに忿りを孕むけだものの赤みだつ眼を刎ねかへしをり

昼も夜も慧《さか》しくひらく耳の孔ふたつ完き不運にゐるも

いつしかと我に似かよふ木の椅子の今朝はふてぶてと我を見据ゑぬ

脱けおちて木の果《み》は白し音もなし照る日の光立ちわたりつつ

身がはりの石くれ一つ投げおとし真昼のうつつきりぎしを離る

寂

ひとしきりもりあがりくる雷雲のこのしづけさを肯《うべな》はむとす

いつの世のねむりにかよふたまゆらかまひるしづかに雷雲崩る

星　宿

星の座を指にかざせばそこここに散らばれる譜のみな鳴り交す

昨日こそ我の過来しかの空に今宵光るはなにの星かも

まなぶたに夜空の星を塗りこめて吐きかへしをれば夢うつくしき

脊ばしらをさかのぼりくる眼を放ち空の杳きに神々を彫る

星の夜のこの大空を虹色にわが吐く息は尾を曳きてあれ

砌

あらぬ世に生れあはせて今日をみる砌《みぎり》の石は雨にそぼてり

日はあがり月はかたむく世の隅に昨日の襤褸を身にひき纏ふ

もの音の絶えてしまひし日のさかり壁にむかひて我のねむりぬ

竹林にひとつの石をめぐりつつ言ふこともなきしばしなりけり

床したに鼠のかじるもの音も昼のおもひは悔《くや》しきに似つ

踏みしだく茨にうすき血を流し隈なき声をのがれむとすも

夕づけばしづむ遠樹の蟬の声なにもかもしつくして死にゆくはよけむ

天国も地獄も見えぬ日のひかり顱頂をぬらして水よりも蒼し

青草に来りやはらぐひとときも何処《いづく》にか真紅の花々は咲け

われの眼のつひに見るなき世はありて昼のもなかを白萩の散る

軛

息の緒の冷えゆく夜なりまどろみつつすでに地獄を堕ちゆくひととき

いつしんに耳をすましてあきたらぬ頭蓋の奥をぬすみみんとす

室々《（へやべや）》に背をむけてゐる影いくつ夜の敵意はいつかな熄まず

かぎりなき命と聞けばあなかしこ霊魂てふに化けむはいつぞ

愛執《あいしふ》は海に消えせぬ翳となり三半規管鳴りひそまりぬ（解剖室）

失せし眼にひらく夜明の夢を刷き千草の文《あや》を雨あしの往く

軌跡

シルレア紀の地層は杳《とほ》きそのかみを海の蠍《さそり》の我も棲みけむ

路々にむらがる銀の月夜茸蹴ちらせばどつと血しぶきぞたつ

コロンブスがアメリカを見たのはこんな日か掌をうつ蒼い太陽

引力にゆがむ光の理論など真赤なうそなる地の上に住めり

ひたすらに白きおそれをかき抱く母鳥の眼を今日ぞ見ひらく

いつの世の魚貝の夢かをりをりにまだらに青き殻をあらはす

降りつもる落葉のこゑにうづもれて翅に生《あ》れむ夢は見てゐき

あたりにて間なく合図をするものあり樹をも揺《ゆす》りぬ掌《て》をもひろげぬ

奈落

明暮をあだにおろかに思はねど屍となる身ぞ臭ふなる

今日も暮れて五臓六腑はとりどりに音なき夢を積みくづしする

この空にいかなる太陽のかがやかばわが眼にひらく花々ならむ

空の青に眼《まなこ》を凝らすならひにも見放されつつ夜ごと眠りぬ

背も腹も褪《あ》せつくしたる影ひとつ昼にも夜にも逐ひたてらるる

抽斗《ひきだし》なるむかしの銭も臍の緒も我にきはまる幾世の命ぞ

霊魂に遺らむ臍のありかなど皺くちやな頭にかんがへあぐむ

しあはせな歌はおもへど目に見えて夜毎を地獄に堕つる夢ばかり

不運にも置去られつつ眼のたまに鍼《はり》などたてて明し暮すか

こんなとき気がふれるのか蒼き空の鳴をひそめし真昼間の底

錆

いづくにか日の照れるらし暗がりの枕にかよふ管絃のこゑ

起きいでて手さぐる闇にひとしきり三十二相の眼鼻あらたか

つのりくる如法《にょはふ》の闇にまみれつつ身よりくされし錆掻きむしる

霧も灯も青くよごれてまた一人我より不運なやつが生れぬ

起きいでて厨にさむき水をのむ深夜のおもひ飢うるがごとく

ふうてんくるだつそびやくらいの染色体わが眼の闇をむげに彩る

総身の毛穴を襲ふ窒息をもなかに醒めて鳴をひそめぬ

目醒むればいつも一時の鳴つてゐるそんな夜更をまたも醒め来ぬ

冴

夜一夜に壁の羽蟲を刷きおとし地平きびしくむき直り来ぬ

額を搏つ晨気高らに星々をかなぐりすてし空に居むかふ

石に凍む音《ね》いろはあれど今朝の朝の谺は須由に鳴りかはし熄《や》む

山なみを圧しかたむけて迫り来る空のふかきに吸ひあげらるる

あらはなる虚空《こくう》の距離をいただきて野鳥のあそびつひにおごらず

巷

ある朝の白き帽子をかたむけて夢に見しれる街々を行く

踏む甃《いし》がまばゆくてならぬ巷には夜霧のにごりあとかたもなく

あるときは思はぬ窓に日のさして青む大気の街迷ひ行く

窓ごとに黄金《きん》のロマンは灯《あか》りつつ迷児われにほほゑみかけぬ

あらはなる轍のあとをあゆみつつ許さるまじき悔となりきぬ

人ごみにおしつおされつなにがなしに臍のある身が儚《はかな》まれける

まんまんと湛ふる朝の此処かしこ白くにごして娑婆《しゃば》がこゑあぐ

足音の絶えし巷に目醒むればかぎりなき花々闇にひそまる

捧げゆくうすきグラスにしたたらすある日の微笑ある夕《よひ》の嘘

臍のある腹をつつみて今日も往き人だかりには爪だちて見つ

あらむ世を商賈の類に生れきて色うつくしき酒は鬻《ひさ》がむ

煙突ありあがる煙ありめぐる日にみじかき影を地《つち》におとせり

年輪

伐られたる根株に白き年輪は脂をふきつつ枯れゆくらしも
かたつむりあとを絶ちたり篁の午前十時のひかりは縞に
わが指の頂にきて金花蟲《たまむし》のけはひはやがて羽根ひらきたり
うつらうつら真昼をとざす暗がりに間なく滴る樹脂《やに》の香を聞く

暮れあをむ空に見えくる星一つさし伸ぶる手に著きてまた一つ

とある夜のしづけさ深くしみ入りて髄に埋れしかなしみを螫《さ》す

暗がりに撒きちらさるる白き餌をたはむれならず啄みあさる

かさかさと爪鳴らしつつ夜もすがら畳にみだるる花びらを摘む

昨夜の雨の土のゆるみを萌えいでて犯すなき青芽の貪婪は光る

傷つける指をまもりてねむる夜を遥かなる湖《うみ》に魚群死にゆく

譚

うつらうつら花野のあかり隈もなきうつろひのなかに我をうづめぬ

はてもなくかげろひしきる野のはてに昼は遠のく跫音ばかり

心音のしましおこたる日のまひるうつつに花は散りまがひつつ

さくら花かつ散る今日の夕ぐれを幾世の底より鐘の鳴りくる

まじろげば一つのこれるたんぽぽの胚子とび去りながき日暮れぬ

まゐらせてあかりはにほふ金無垢《きんむく》の本尊《ほんぞん》めでたくあぐらゐたまふ

ひきまとふ茵《しとね》は肌に消えゆきて宵千金の今をわすれぬ

ある朝け五層の天主は燃えおちて池心にねむる白華《びやくげ》一輪

薕《らう》たけく竹の節より生れ来し昔むかしのいつはりのよさ

いちめんの枯木に花を咲かせつついつの夜までを我の夢見し

昼

海ぞこのかがやくばかり銀の銭ばら撒きをれば春のまひるなれ

みなそこに小魚は疾し全身の棘ことごとく抜け去る暫し

白き猫空に吸はれて野はいちめん夢に眺めしうすら日の照り

薔薇苑の薔薇ことごとく黝《くろず》みてまひるの空にをはる夢なる

薔薇ひらき揚羽蝶《あげは》みだるる日のまひる一碧の空はわが明をおほふ

遅日

あかつきの夢に萌えくる歯朶わらび白き卵は我を怖れぬ

黒き猫黄なる猫などたはれつつ小雨すぎたる庭暮れむとす

人蔘の黄なる肌のものうさかときのまのわが想ひを覗く

ちひさなる抽斗《ひきだし》あまたぬき並べあれやこれやに思ひかかはる

暁

しんしんと梧桐《あをぎり》の幹をさかのぼるしづけさありて夜気はしりぞく

うつくしき夢は見かねてあかつきの星の流れにまなこうるほす

うろこ雲高くうすれてある朝の果肉は白し歯にきしみつつ

思ひきり不敵な夜々をたくらめど星の失せては空の青み来《く》

あかつきの窓をひらけば六月の白い花びらが手のひらに降る

そら鳴るは白楊ならしあたらしき季節に吹かれてこよなく眠る

地の底の黄なるころもを脱けいでて翅にひらく感覚を践《ふ》む

翳

おちきたる夜鳥のこゑの遥けさの青々とこそ犯されゐたれ

こともなき真昼を影の駈けめぐり青葉のみだれはいづこにはてむ

腸のあたりうすきいたみのをりをりに昼ひとしきり若葉は募る

ひねもすを青葉のてりにきほひつつくたくたになる慾念なるも

水底《みなそこ》に木洩れ日とほるしづけさを何の邪心かとめどもあらぬ

囀りの声々すでに刺すごとく森には森のゐたたまれなさ

まのあたり山蚕《やまご》の腹を透かしつつあるひは古き謀叛《むほん》をおもふ

てり翳る昼をこゑなき木下路脱けいづるとき日は額《ぬか》を搏てり

たそがるる青葉若葉にいざなはれ何に堕ちゆくこの身なるべき

頤《おとがひ》にうすき刄の触るるとき何時の葉ずれかうつつを去らぬ

おのづからもの音絶ゆる窖《あな》ぬちにある日わか葉のにほひときめく

夜をこめてかつ萌えさかる野の上にいちめんの星はじけて飛びぬ

新緑の夜をしらじらとしびれつつひとりこよなき血を滴らす

聡《さか》しかる星のたむろをのがれきて若葉のみだれ涯なきをあゆむ

暗すまの壁にむかひて明暮を外面《とのも》にきほふ青葉は知らず

簷《のき》をめぐる青葉若葉にうづもれて今朝は真白なるページを披く

うづたかき簷の青葉を揺すぶつて覗見すれば巷に日の照る

作者の言葉

私が歌を習ひはじめたのは昭和九年頃で、当時視力はもう大分衰へてゐたが註釈を頼りに万葉集などに読耽つた。園内には長島短歌会と云ふ同好者の団体があつて、之によつて作歌の便宜と刺戟とを受けたことが尠くない。昭和十年一月水甕に入社させて頂き、同じく八月日本歌人に転じた。この頃には全く明を失つて読むのにも書くのにも人手を借りなければならなかつた。

此の間、日本歌人社の前川佐美雄氏は癩者の私を人間として認めて呉れたのみならず、何時も劬り励まして下すつた温かい御気持には感謝の言葉もない。

第一部白描は癩者としての生活感情を有りの儘に歌つたものである。けれど私の歌心はまだ何か物足りないものを感じてゐた。あらゆる仮装をかなぐり捨てて赤裸々な自我を思ひの儘に跳躍させたい、かういふ気持から生れたものが第二部翳で、概ね日本歌人誌に発表したものである。が、仔細に見れば此処にも現実の生活の翳が射してゐることは否むべくもない。この二つの行き方は所詮一に帰すべきものなのであらうが、私の未熟さはまだ其処に至つてゐない。第一部第二部共に昭和十二年乃至十三年の作で、中には回想に拠つたものも少なくないが、西郷さんの銅像の紙礫も縕れた病友の袷の縞目も、私にとつては今朝の粥の味よりも鮮やかな現実である。

この集の草稿の整理は、気管切開の手術を受けた前後を通じてなされたので意に満たない点が少なくないが、今は健康が許さないので満身創痍の儘世に送るの外はない。

本書は、下村海南、山本実彦、両大人の御厚意と、本園々長光田健輔、医官内田守人両先生の御尽力によつて、世に出ることになつたもので、茲に謹んで謝意を表する次第である。また、目の見えない上に声の出ない私を扶けて、煩瑣な草稿の整理に当つて呉れた病友、小田武夫、春日英郎、山口義郎三君の労苦にも深く御礼を申上げる。

此の小文でもつと詳細に私の周囲を紹介したいと思つたが、既にその労に堪へないので、常に傍にあつて私の心身両面に肉親の慈みの眼をもつて護つて下さる内田国手に、跋文を御願ひして補つて頂くことにした。

では歌集白描を送る。この一巻が救癩運動の上に、また我々癩者の生活の上に何等かの意義を持ち得るなら、それは望外の幸である。

昭和十四年一月　長島愛生園にて

明石海人

白描以後

よろこび

光田園長救癩四十年祝賀

日の本の癩者をまもる太柱いさをあまねし齢《よはひ》は芽出度し

白描献本式

癩者吾が命をかけし歌書をまづ園長《そのをさ》の大人《うし》に捧げむ

勅題　朝陽映島

白霜も茜さすべし東雲の鐘のひびきに島は凪ぎつつ

越冬

霜の夜は痰の乾びに呼吸管の塞ること屡々なり

呼吸管の乾きを護る雪の夜は見えぬ眼を闇に瞠《みは》りつつ

ものみなの眠りひそまる夜の底を器に屎《まり》す寒に打たれつつ

気ちがひは憚らざれや遠妻を淫《みだ》と呼びて夜半をののしる

雪しづれをりをりにして隣室の気ちがひ患者は寝しづもりたり

雪の夜の船路の沖の暗からし長き汽笛は我を聴かしむ

もの音のけはひは絶えて屋内《いへぬち》にわが脈鳴のひとり昂《たかぶ》る

盲ひては幾年ならむ明暮を己が顔さへ思ひ忘れぬ

わが癩の極まるらしも酸き甘き舌の味さへ日にうすれつつ

事もなく来る日往く日を衰へぬ夜なか夜明を汗に染《し》みつつ

夢ぬちの妻に囁きうつつなくものを言ふこそわりなかりけれ

面会に来よと我言ふ身の果に老づく妻か声は聞くべし

発熱と衰弱のため年久しく入浴することもなくて過ぐれば

日の暮に語るを聞けばうつし世の浴《ゆあみ》するてふ慣《ならひ》もありき

髯を剃りシヤボンをつかひ背を流すなべて他界の記憶のごとし

縁先に浴の後の爪を截りしかの頃ぞ我が壮《さかん》なりける

花咲き花散る

屋をめぐる春の夕なれ女童等近づき遠のきはてもなく笑ふ

潮騒の今宵久しさみんなみにひらく浦曲に童となりにし

さへずりの声のまにまに朝ぼらけ眠たくもなし食ひたくもなし

喉穿《え》りて冬を疎めば島里に花咲くといふ花散るといふ

見えぬ眼を窓より放ちこの年の葉桜風かと聴きとめにけり

癩は君に幸せりと人の云ふに

病む歌のいくつはありとも世の常の父親にこそ終るべかりしか

五　月（絶詠）

夏はよし暑からぬほどの夏はよし呼吸管など忘れて眠らむ

起き出でて寝汗を拭ふひとしきり水鶏の声は近まさりつつ

梅さくら躑躅いちはつ矢車草枕頭の花に年闌けむとす

起き出でて探る溲瓶《しびん》の前後かかるしぐさに年を重ねし

御快癒を待ちつつ（長歌）

「小島の春」の著者小川正子先生に捧ぐ

いとけなき少女《をとめ》の子らの　ある日わが家に来て云ふ　にこにこと笑みて
物云はすは園長先生　おいしき薬下さるは小川先生と　幼子は心の直
ぐ　いみじくも云へるものかな　良薬は口に苦しと　古の人は云へど

も　たはや女の心やさしく　良き薬味ひ甘く　ととのへてたまはる君を　幼子も少女の子らも　むくつけき不自由者我らも　母のごとまた姉のごと　敬ひつつなつきつつ経にけるものを　明暮のみとりのわざの劇しきあまりにか　医局にもおん姿の無きは　此の頃をこもりたまふとか　秋たてど未だは暑き朝夕をいかにますらむ　いたつきの疾《と》く癒えまして　ほがらなる御声を聞かむと　人も云ひ我も願《ね》ぐなり　島里の秋をさやかに　風渡る頃ともならば　すこやけき君をこそ見む　島の子ら心をこめて　かくもこそ祈れ　やがてまたゆたけき笑顔に　園を守《も》りませ　良き薬も甘く盛りませ　うつくしき御歌も詠みませ　待たるるは其の日ぞ　待たるるは実《げ》にもその日ぞ

反歌

こもりますわが師の君のおもかげも現に見えておもひの傷む

ひたごころひたぶるに願ぐわが恃む医師《くすし》の君のまさきくとこそ

鷖

(二)

妻

このごろの便り遠のく妻のこと梨の芽立に想ひてゐたり

こゝろにはいくたりの人汚しつつたもつ不犯《ふぼん》はおのれ悪《にく》めり

人ごみに遠ざかりゆく襟あしの繊きがなにか眼には沁みつつ

隕石《ほし》の群ながるる白日《ひる》のしづけさに雷針の金高くまどろむ

かはたれはクロバ畑に紋白《もんしろ》蝶が降らす微粉に咽せて醒めたり

毒蝶は薊の蜜を吸ひつくしかげらふ昏き森に消えたり

玻璃ごしに盗汗《ねあせ》の肌を嗅ぎ寄るはおのれ光れる冥府《よみ》の盲魚か

無花果のまばら枝すでに萌えそめて空のうるみに反《そり》の明るさ

やや強き風に耐へゐる海岸《うみぎし》の染井吉野の昼のかがやき

療養所

廻転椅子《まはりいす》片よせられてひやひやと石牀《ゆか》ひろき午すぎの外科室

蔦わか葉陽に透く朝は牕《まど》ぎわの試視力表もほの青みたり

ニツケルの吸入筒にうつりつつ白衣の人は裳飜《すそかへ》しゆく

ひやびやと霧をふみて明けそむる蘇鉄に遠き発動船《ポンポン》のおと

いつしかにミシンのひびきやみにけり立藤《たち》の花黄なる曇り日

協奏曲など

はすかひに簷《のき》の花合歓《ねむ》うつしつつ化粧鏡は昏《く》れのこりたり

昏れのこる化粧鏡の合歓の花そよぎに遠きちまたのどよみ

鍵盤にはしる指《をよび》は青みつつ芭蕉わか葉に夕明《あか》りひさしき

旋盤にけづられてゆく砲身はイルクツクあたりの湖《うみ》を匂はす

メンデルスゾーン作、ホ短調ヴァイオリン協奏曲を聴く

白日《ひる》の空しなひつつ飛ぶ投槍の秀にはひそむか聴神経節

貪婪《たんらん》を紘の妖婦《バンプ》は肉ぶとにはてしない夜の似顔絵を描く

解剖室

指針《はり》尖《（さき）》に脳の重さの顫ふとき黄金《きん》の羽蟲は息絶えにけり

吉丁《たま》蟲の羽根に砒石を炷《た》きながら喪はれゆくひかりに贄《にえ》す

童貞女黄泉《よみ》の磧になげくとも泰山木のはなはしづかに

黒い眼鏡の奥に見てゆく森の路片眼見せたは魔法つかひか

脳髄の空地に針をたてながら仙人掌は今日もはびこる

しづしづと霧が占めくる巷には朝を失《な》くして鳴かぬ玄鳥《つばくら》

ひたすらに病む眼いたはるひとときの想にのこる爪のいろなど

白い猫

たたかひは砂漠のかなた黄槿は立秋の丘に年輪をきざむ

ハンガリアよりの放送は終る簷端には暈《かさ》をめぐらす東洋の月

太陽にさからひきたるラヂオのこゑ大地の片面《も》は白日《ひる》なりと告ぐ

浅よひの卓にとびくる白い蛾は翁に見えて殺しかねたり

岩かげに脚をひたせば鰭の緋《あか》い小魚はすぐに友だちになる

海　鳥

大穹《ぞら》のひかりにすさむ愛欲《かなしみ》か鶚《みさご》のたはれ羽毛《け》を散らしつつ

杳《はる》かなる女体を趁《お》つて雨の日の地平をわたる海鳥のむれ

爛れ眼のカンナの凝視にたへかねて黄金蟲は真黒く日輪に躍りこむ

手にのこるけだものの香のけうとさは真紅にかはる海を想へり

夕まけて黄金《きん》の入江にしづみゆく海月の肌にのこる俗情

秋ふかきもののはるけさ雲に死ぬ海月の笠の碧きをも見つ

誰からも愛されたくない悲心の夜無花果に照る月をさげすむ

木犀の銀の音いろにさりげなき羞らひの眸《め》に触れじとはする

そんなことちつともないと言ふ貌《かほ》に半透明な心臓がのぞく

木霊

いつせいに木霊《こだま》があげるときのこゑ瞳《め》だけのこして己《おれ》は消え去る

隠花属太古の瘴気をたくはへて谿谷はもう秋を見すてる

蘚苔も夜の猫族も威をふるふ退化の窗は北を指したり

秋さむし悲情の壁に凭れつつ肚裏の谺に聴く神もなく

アダムスら洋《うみ》のみなみに老いゆくか青きがままに落つる無花果

肋骨を透明にする蟲がゐて夜ごとにひらく夢の瞳《め》を螫《さ》す

ほろびゆく瞳にしみて秋萩のひかりはにがしをみな子は愛し

あるときは十指の爪を抜きはてて既往の天《そら》に星の座を繰る

跫音のなかにすたれる希《ねが》ひなれば今日の背にたつ鳥影も見ず

よるべなく季節にかへるあこがれか風速計に氷点を読む

夜 (1)

三面のかがみに灯《とも》す白き手の繰るともあらぬ地獄まんだら
更くる夜の化粧はさむし灯の底に己が肉喰《は》む鬼ともならず
隕ちてくる星のなげきか栗鼠の尾かこの夜の訛り聴くもののもなく
霧の夜はペーブメントに滲みだす男餓鬼女餓鬼の蹠《あなうら》のこゑ

辻々の鋪石《しき》にしみた吐息などがぼやけて青いあかときとなる

霧の降る巷となれば窓のない煙突ばかりが伸びあがるなり

赤い眼に太古の夢を喰《く》つてゐるボイラーなどになりたいこの夜《よる》

×

焼けあとの煙突などに受胎する小鳥であれと天日に翔ぶ

月の夜を光る茸だともすれば尾で立ちあがる蛇だその瞳《め》だ

天心に泛ぶ白露に草の香にころがれころがれ聖母《マリア》くわんのん

夜 (2)

水銀柱窗にくだけて仔羊ら光を消して星の座をのぼる

いつくしひは透明になりわが息に月も花瓶も触れてくだけぬ

ふと黒きけだものの爪反るを見ぬ裸像にともすある夜のわが手

また一つ灯らぬ窗が世に殖えて犬も子どももひたと啼きやむ

童心は寝ものがたりにをののきぬ月の暈には雨の星一つ

更くる夜のアルバムの瞳はことごとくわれの凝視をはじきて凋む

×

木ずゑには白磁の叡智ながれたりみ冬八旬地はきしみつつ

盲点に墜ちてはつもる揚羽の蝶日ごとにわれを狂人《きちがひ》にする

石の間にうろこの匂ひ青みきてどくだみ草もよみがへるなり

日にみだすコリーの毛並口笛は窗にかげろひヒヤシンスは黄に

ガラス窗たかく昃《かげ》ろひ三月の酸ゆき果実《このみ》は天に盈ちくる

春冷

ひとしきり野をかけめぐる錆びた手は日の窗かけの陰に絞られ

海にくれば小鯛もあをしわが肉の刺ことごとくぬけさる朝《あした》

海鳥はいまだ遊ばず朝潟にねむる小蛸は人にとられぬ

横這蟹《よこばひ》はあゝあをさの陰に逃げながらまぎれもあらぬ朝の邪《まが》ごと

卓のしたにへんな鱗がさまよへば剝いても剝いても夏は青く
緒《いと》にぬけばみんな硝子になつてゐるそんな歌しかわたしは知らない
今はもう笛も吹かない掌を黄なる菌に埋めてねむる
後退《しさ》りゆく家並よ橋よ太陽がのぼらぬ朝を人はおもはず
器には昨日のごとく飯《いひ》を盛るならひに老いて繰る夢もなく

ひたすらに待ちてかぼそき日もありぬほぐせば青き花芽ながらに

病閑

猫のごとあさく眠りて朝々の足音ばかり選《え》り好みする

おのが掌《て》の皺など見ねばひたすらに鳥の鳴く音に雲を恋ひつつ

ひとしきり入日をわすれ声をわすれ鴉ふたつの春のあらそひ

空はもうかすんでゐるのにこの朝の海へ落ちこむ沢山な蝶

春の絖《ぬめ》いちやうに眼をひらきわれも絵具もはじかれてゐる

干潟には鐘が鳴るなり捕られても浅蜊は浅蜊脊中を合はす

野茨のみだれに影をくづしては夏を呼びつつ青空を踏む

ともすれば春になじまぬ今日このごろ空に鳴きつつ菜の花も見ず

音楽

昨日こそ四方が失せたと目をさまし空には無頼の花びらばかり

つぎつぎに覘く指尖ほそくなりあげくは夢に紛れてやみぬ

この上は槍を投げ込め太陽も鴉も消える真昼間の穴

軽戦車重戦車など遠ざかり花びらを啖《く》ふ小犬と私

行きちがふ甲板《デッキ》に灯もす人ふたり間の波間に僕は沈んだ

なめくぢの縞はつぶさに見えながら翔《と》びもならない朝の疳癪

新　緑

暮れゆけば若葉の奥にふくみ鳴きいつそ鴉にならむと思へり

北に向く窓あまつさへ雨を呼びあの日この日の指紋を剝がせり

ゆく春の頤《あぎと》にしみる夜のしめり溲瓶の声に命ををしむ

手ばなしに奔《はし》らせてゐる機関手の片眼わらひを己《おれ》もわらつた

己が貌《かほ》ふと見わすれし物怖《おそ》れ紫陽花の花の黄なるをにくむ

襲ひ来る青鱶鮫の双の目を双もてつらぬくま昼まのわらひ

まざまざと白い葉並を軋ませてもろこし畠に夏は砕ける

伊エ紛争

アイーダの歌ものがたり杳《はる》かにて沙漠の国は亡ぶ時に知らる

水無月

窓による日ごとの影のうつろひのきはまるはてに翅をひらく

かの島の罌粟の実青くふる雨か往き交ふ船のけうとき無言《しじま》

空のをち根雪のごとくのこされて木草に凝る胚も思はず

短夜のしじま険しく山梔の酸ゆき毒にも染みかねにつつ

立雲のなかに砕けるわらひ声蟹も小蛸も憑れて走る

蟬は鳥を夜は蟬を追ひ森のなかに我が影ばかりうろつきまはる

青蛙なきてやみたる日のさかり仙人掌の痛きに触りゐる

わが弾丸《たま》は空に逸《はや》れど青羊歯の茂みに落つる声々もなく

七月

水上《みなかみ》に仔魚孵りて村々の樹立に清き雨灑ぐなり

隅もなき真昼の照りにひたむかふこの図太さは大地なりけり

真昼にはパナマあたりに跨つて白い森林を大陸に見む

隣人が我をうとむは年久し今は命をみづからが悪む

窓のない白牙の市街が現はれて海に半日君臨してゐる

活栓に堰きとめられし水勢のあてどもあらぬ我が忿《いか》りなり

二・二六事件

叛乱罪死刑宣告十五名日出づる国の今朝のニュースだ

死をもつて行ふものを易々と功利の輩があげつらひする

秋　涼

里ちかく生れいでては法師蟬月の無常に魘されもする

ことごとく髪ふり乱す島に来てかたみに白き名残をくだく

夢に見るものの象《かたち》のせつなさは古き仏の頰《ほ》にも触《さや》りぬ

けだものら已にけはひて青草の宵のいきれにわが血はにごる

甘藍は鉛のごとく葉をたれぬ暮れてひさしき土のほてりに

あかつきの干潟の砂はなめらかに不意にするどい狂気の懼れ

天地の虔しむなかをまぐはひつつ日月は黄金《きん》の谺に響けり（日蝕）

襲ひ来る翳あはただし天地にいやはての日の莫しと言はなくに

秋日記

あかつきの風が投げこむ花の束いつか季節はぴしぴし清らか
梧桐の昼は旺んな陽のにほひあらぬ肢体がゆらゆらと撓む
いつしかに狙ひ撃つ気になつてゐるそのするどさをはつと見返へる
ぬぐへども潔まらぬ掌のまのあたり日輪はまた赤く溺れる

脱走の夜ごとの夢はおづおづと杳《とほ》き団欒《まどゐ》の灯を嗅ぎまはる

あきらめか何かわからぬ褪せた血が凩よりも暗く流れる

光陰

墜ちてゆく穴はずんずん深くなりいつか小さい天《そら》が見えだす

草の葉にかたむく天《そら》を手にうけて冬を眠りの土に入りゆく

まのあたり狙ひに息をつめたるがたまらなく何か喚きたくなる
いちめんの壁の厚きに囲まれて今日のきのふの歌うたひ居り
雲の脊に青いランプを灯《ひとも》して空《うつ》ろな街がまた呼んでゐる
夜の星のその一つには触れかねて樹に寝る鳥の命おびやかす
ぬくもりの失せた掌を月に拍つ午前零時の時計台の上で

裏街

まつすぐに露路の正面へ日が落ちる光に行けば足音たかし

石塀のなかほどにある裏木戸の小さき見れば人の憎めぬ

街なかのとよみ一瞬鳴り歇んで太陽の嘘が空にひろがる

曇り日の土のしめりに湧いてくるしんじつのなかに蟲が芽を喰ふ

遠く来て遊びすごした童心の悔を蹈みつつあてどもあらぬ

硝子戸はぴしんと閉まりつかの間をひろがり消えるむなしさに澄む

夜もすがら青い臓腑をひき殺す情け容赦に泣き叫びつつ

天 秤

頭蓋骨剝いでしまへばわが脳の襞はうつくしく畳まれてゐむ

あるときは神も悪魔も光らせしこの眼の球と手にのせて看よ

わがために南無阿弥陀仏と言ひし夜も人は眠るかその夜のごとく

たましひの寒がる夜《よ》だ眠つたらそのまま地獄に堕ちてしまふ夜《よ》だ

暗がりの天井にひろがる赤き花はらら燃えあがり燃えくづれ失せぬ

家の棟もさかさまになる夜の底に寝返りすれば骨きしむなり

跫音をぬすむおとなひ夜もすがら簷をめぐりて我をうかがふ
わが窓にともし灯ばかり遺る朝をけだものどもはもう知つてゐる

軌　跡

残された私ばかりがここにゐてほんとの私はどこにも見えぬ
このやうに空の明るい今日がある苑に花無き季節のはてに

大空のくろくかがやくなかに来て近づくものをなべて忘れぬ

ヒヤシンス香にたつ宵は有るかなき眼《まなこ》のいたみにやがてまどろむ

寄りあひてものを啖へる人間の皆いちやうにしあはせらしき

風の夜はけだものどもに吠えられて前《さき》の世に見たわれを訪ふ

さざめきは鍵穴へ逸《そ》れ覆面の大気遮二無二にわれを押し出す

鳥は啼け兵はたたかへ女は産めわれは天日《てんじつ》のたかきを悪む

春泥

青空に目かくしされた星があり昼の日なかを安堵はならぬ

人の世は夜あけの靄に消えゆきて囀りのこゑ花にきらめく

いつかもう人間ならぬ我になり花におぼろな影踏み歩く

根こそげの庭にひさしき夕あかりつひに命が惜まれてならぬ

夕暮れてさくら舞ひちる蔵の間《あひ》かしこにもわが悔はのこれり

この空にいかな太陽のかがやけばわが眼《め》にひらく花花あらむ

血みどろの泥に歯を剥く死のわらひ蟲けらを見れば蟲けらの世も

春の三角標

日もすがら沫を飛ばす風のなか我はうろこの深きを剝ぎぬ
とある夜の透《うす》き眼の色幾世経てまのあたりなる花を誑《たばか》る
称名は月のよごれにかへりゆきある世の夢を身ごもりに死ぬ
命がけのたはむれごとも世の涯の空を翔つてもてはやされよ

星の座をかなたこなたに置きならべこの夜のはての夢おしはかる

この夕べつかさは巷《まち》に斬られたり蠑螺の腹の赤きたはむれ

円かなる瞳の奥に今の世の人身御供といふがひそめり

眼じろげば一つのこれるたんぽぽの胚子とび去りながき日暮れぬ

この夜の壁も灯しも風の音もただしらじらと我をあざむく（子の許に）

若き木魂

なにごとのけはひ乱るるわか葉の森脱けいづるとき日は額《ぬか》を搏《う》つ
野を罩めてわか葉の涯も見えわかずあるが儘なる身に帰り来ぬ
とある夜をわたる日輪あたふたとけだものどもは腹を曝しつ
あかつきのどよみを越えて還りゆく夢は昨日の路に盲ひぬ

人の世のこゑ還りくるわが額《ぬか》にみだれて花の眸は白し

白花に置きのこされた夢がありまのあたりなるわが葉に逸る

化石

籬にはつゆの白花かわきつつまたがらくたな今日の日射しきぬ

白頭のわれならなくにあけ暮れをいまは童の花摘みあそぶ

野のはてに白き雲湧くたまゆらは幾世のかみの夢にかありけむ

罌粟の実のつぶらに青む野の上にひとりいぶかる昼の月かげ

深みゆく青葉の簷のあけくれに西洋の楽或《ある》はゆかしく

花びらの白く散りしき牡丹の木ひとむらのこる夕日のながさ

さかさまに大地流るる頭の上とにもかくにも星が光れり

ある夢の遠《をち》にひろがる空の蒼《あを》その明るきがあやしからぬか

×

夕づけば七堂伽藍灯りつつさくらひと山目をあけてねむる

盛　夏

そこらあたりなほ消えやらぬ夜のいろにざらつく壁をゆすぶりゆすぶる

かみそりのうすきにふるるときのまを何の葉づれの思ひを去らぬ

暮れのこる黄色い壁にへだてられ薔薇も空気もよごれてしまひぬ

昨日の薔薇を喰つてゐたこいつがこいつがと夜の黄金蟲《こがね》を灯に投げつける

颱風

襲ひくる白雨のつぶてに打たれつつ生身素肌は神を凌げり

炎天に埃もたたぬ鋪装路のまつすぐなのがまた忌々し

鳴く蟬の声ををかして踏入れば籬にくづるるわが影ありき

薔薇が咲き日がさしそれが見えてゐるこんなことさへただごとなのか

今日の日を黄色い壁にかこまれて疑ひだせば瞬きもならぬ

殼をぬぐ蟬の目色がかなしいとそんなところをうろついてゐた

眼も鼻もくされはてたるわが今日をしみつきて鳴くはなにの蟲ぞも
夜をこめてひらくおもひは夕顔の蕾ほつるる音もあらなくに
おほきな蜘蛛が小さい蜘蛛に噛みついたおれはどろんと赤い日を見た
おしなべて帰命を急ぐもののこゑ月夜の風も矢玉の殻も
青空にたぶらかさるる野面にはみしらぬ国の花咲きみだれぬ

鋳

ほろびゆく官能のはてに見ひらくはいつの夜あけに青かりし瞳《め》ぞ

嚏《はなひ》れば星も花弁もけし飛んで午夜をしづかに頭蓋のきしむ

骨うすき秋草の扇子とりもてば女ならざる不覚さ思ふ

青果

巓《いただき》の我をちいさくうづめつつ空のおもみのおしさがり来ぬ

明日をさしその翌《あけ》をさして揺れやまぬ指針の逸りをむさぼり飽かず

白珠の盞ひとつうつつなる酔はうつくし夜の夢もなく

白描

つぶらなる朱の果《み》ひとつうつつなれ瞬く間をも消えゆかむとす

毒蜂もみだりに螫すなき天地を人と生れてそらおそろしき

研ぎあげて青むやいばの刃ざはりのしきりに冴ゆる空は見にけり

たち還る朝の険しく黙しつつくまなき霽れにさす朱《あけ》もなし

昼も夜も空の深きをかけめぐる鴉の一羽眼よりはなれず

譚

涯もなき青海原に身ひとつのぬくもりを被《き》て浮きしづみすも
あを空に砕け散る日をぬすみ見てまつさかさまに娑婆に眼の醒む
けむり立つ芥焼場《あくたやきば》の日暮れ空朱《あけ》にただれて夜の闇を呼ぶ
夕まけて青むおそれを灯しつつ毒よりもにがく酔ひ痴れにけり

ひとしきり青む夜空に痴《たは》けてはおのれに似せし神を棲ましむ
寄りあひて鳴りをひそむる眼《まな》ざしに塗《まみ》れつつまた今日を恥多し

夜

脱け落ちて白桃の実の動かざるをうちまもりゐしある夜の思ひ
いちめんの壁の厚きにかこまれて醒むれば我の石よりも白き

現

うつらうつら日の午をうたふ鳩時計醒めては花の散りまがひつつ

丹のはしらぬるびて諸天ねむりたまひ鼠一匹うつつに走る

近づけばすなはち消ゆる瞳《め》のおくに空をいただく花苑はあり

崖《きりぎし》のこぼれはやまず声あげてわらふ日もなき幾年なりけむ

更くる夜の大気真白き石となり石いよよ白くしてわれを死なしむ

天井も壁も日輪も透きとほりいちめんの闇に星のきらめく

神のみぎ悪魔のひだりなまなかに昼も夜も視る眼をもてあます

奈　落

春まひるすでに受胎のことはてて帰命をいそぐ花むらの影

ことさらに胸をはだけて市をゆきあらくれたりしはこの我ならず
くすり草野にはびこれど男らはきんをぬかるる歎かひをせり
れんが塀高くめぐらす街角に声あり逃げよ逃げよと誘《いざ》なふ
真中に盲点のある目をもてばまひるの空に日輪も消ゆ
しろがねの鍼尖《とが》らせて眼のたまにさぐりあてたる痛覚をなぶる

砲身に火蠅なしつつみだれ散る夷狄人ならずむかしも今も

年輪

ひとしきり遠雷《をん》あがる午さがりこの空の青が我をただらす

のぼりきて見放る沖のかくれ岩神々の敵意ここに泡だつ

傷つける老樹の肌を滲みいでし脂はしたたる乾けるが上に

白き餌

息の孔潰えむとするこの夜をことさらに冴ゆる星のそこらく

〔解説〕明石海人の〃闘争〃

村井　紀

1

明石海人（本名野田勝太郎）は、一九〇一（明治三十四）年七月五日、沼津市に、両親と二人の兄、長兄敬太郎、次兄義雄の三男として生まれた。下には妹政子が、また作品中に出てくるが出生後間もなく亡くなった弟がいた。

恵まれた環境のもとで沼津商業に学び、ここをおえると静岡師範に入って教職の道へと進み、一九二〇（大正九）年、卒業と同時に小学校教員となった。教師となった十九歳の夏には長兄のいる天津への旅をする。間もなく転勤となり、一九二四（大正十三）年、同僚の浅子と結ばれ、翌年には長女瑞穂を、ついで次女和子をもうけた（作品中に回想される亡児とは次女のことである）。絵画を愛好し、クラシック音楽を聞き、文学、思想にも関心をもつほか、赤いオートバイに乗り、テニスも楽しむという青年教師であった。教師として、また家庭生活においても順境にあった一九二六（大正十五）年、二十五歳の時、ハンセン病を発症した。教職を辞し、家の支援、主として長兄の経済的な支援のもと、考えられる限りの医療を求め、紀州粉河、兵庫の私立明石楽生病院などで治療につとめたが、同院の閉鎖に伴い、一九三二(昭和七)年十一月、開設間もない岡山の国立長島療養所愛生園に入り、一九三五(昭和十)年には病勢悪化により失明し、ここで一九三九(昭和十四)年六月九日、三十七歳の生涯を終えた。

闘病生活のなかで彼は、俳句、短歌、詩、エッセイ、小説と、旺盛な創作意欲を見せているが、教員時代にふれた短歌に次第に重点を移し、その才能を開花させた。一九三七(昭和十二)年、改造社が募集した『新万葉集』(全十一巻、一九三七―一九三九年)に応じ、応募総数四十万首といわれるなかから――この数字は現代の『昭和万葉集』(全二十一巻、講談社、一九七九―一九八〇年)が四十八万首ということから見ても驚異的な数値である――審査員諸家の高い評価を受け、別巻宮廷篇に続くその巻一に、大量十一首入選し、一躍注目を浴びた。一九三九(昭和十四)年二月、死の直前刊行した歌集『白描』(改造社)は通説では、〝二十五万部〟ものベストセラーとなり(『海人全集』「明石海人年譜」には二万五千部とある)、すでに話題となっていた北條民雄(一九一四―一九三七)の小説『いのちの初夜』(一九三六年)とともに、さらに愛生園の若き女医小川正子(一九〇二―一九四三)の『小島の春』(一九三八年)をも加えて、〝ハンセン病文学〟を代表することとなった。この『小島の春』は一九四〇(昭和十五)年、監督豊田四郎により映画化されて、その字幕にも海人の歌は掲げられた。明石病院時代に用いだした、筆名明石海人の名は『新万葉集』とともに、人々に記憶されたのである。ほかに大二、無明、青明などの筆名を用いた。

彼が当時、いかに注目を浴びたかは、いわゆる文壇からの河上徹太郎や宇野浩二らの称賛ばかりでなく、『白描』の出版を経た、没直後の一九三九(昭和十四)年八月に『海人遺稿』が、さらに一九四一(昭和十六)年一月・三月には上下巻の『明石海人全集』が改造社から出たことからも窺えるであろう。歴史的には、一九三一(昭和六)年の満州事変にはじまり、太平洋戦争にいたる十五年戦争前期に――一九二九(昭和四)年の「無癩県運動」や「健康は身のため国の為」というポスターが貼られていたファシズム形成期にといってもよい――明石海人は人々の注目を集めたのである。ちなみに坂口安吾が「青春論」(戦後『堕落論』に収録)で「激しさに惹かれざるを得ぬ」と評したのは、一九四二(昭和十七)年十二月であった。

このことは、この時期、ハンセン病者が一九三一(昭和六)年の「癩予防法」下に強制隔離されたことと密接なかかわりをもつ。海人が、そのモデル施設国立長島療養所愛生園にあって、療養生活の傍ら短歌に精進し、『新万葉集』に応じ、選ばれたことは、海人一己のことではなかった。改めて述べるが、海人が愛生園、ハンセン病者を代表し『新万葉集』に応じ、入選したこと、これは愛生園の側においても、もう一方の『新万葉集』の側においても好都合であったという事情がある。海人はハンセン病者が置かれていた当時の状況(国策強制隔離)と『新万葉集』との交点に立ち、人々の注目を浴び、いやが上にも称えられた。

歌集『白描』は、そこにおいて形作られたのである。ただ、この歌集は、以上の、いわば日本のファシズム形成と密接な、社会的文化的条件を背景にしながら、もうひとつの条件を満たす必要があった。それはハンセン病者と『新万葉集』とを代表するとともに、これとは傾向が違い背馳しもする、自らが信ずる文学(前川佐美雄主宰の短歌結社『日本歌人』に依拠した〝ポエジイ短歌〟)を追求するという、海人が自らに課した課題である。

それが『白描』の「第一部 白描」と「第二部 翳」との相違となる。四囲の期待に応え、病者を代表する役割を課しながら、なお独自の世界を切り開くこと。一般に個人歌集といえば、全歌集というような集成を除くと、独自な世界を示す歌風・表現を見ることが多い。海人自身も「二つの行き方は所詮一に帰すべきもの」だと言い、「未熟」だから統一されていないとしているが（『白描』「作者の言葉」）、しかし、歌集『白描』は、この二つを実現する企図に貫かれており、「未熟」さとは別物である。

このことは『白描』の「第一部 白描」と「第二部 翳」との作品の相違に、またそれぞれに関する批評・評価の対立によく示されている。これはまた、戦前の評価と戦後の評価との相違の問題でもある。ごく簡単に言って、戦前の評価は前者を中心にしており、戦後は後者を中心にしている。それは彼の二つの歌碑にも投影されている。『新万葉集』に入選した一首の長島愛生園の歌碑と郷里沼津千本松原の歌碑とである。

美《み》めぐみは言はまくかしこ日の本の癩者に生《あ》れて我悔ゆるなし（長島愛生園歌碑）

注――『新万葉集』巻一では「美めぐみ」は「みめぐみ」、下の句は「わが悔むなし」である。

シルレア紀の地層は杳《とほ》きそのかみを海の蠍《さそり》の我も棲みけむ（千本松原歌碑）

彼は一時期画家を志したと作品にあるが、本書表紙カバーにある一九三四（昭和九）年元旦の自画像は、失明直前のものである。禿頭ながら目を見開き、鮮やかなサインを施している。この目がとらえ、表現する世界は、「第一部　白描」の前文に「深海に生きる魚族のやうに、自らが燃えなければ何処にも光はない」とあるように、時として激しく闘争的であるが、しかし、「翳」に見るように、ユーモラスかつ繊細な世界をも形作っている。その〝詩〟の論理と技法は「白描」の語（東洋画で、墨の線のみで完成された絵、また技法――『広辞苑』）に象徴されているが、それは鮮やかな輪郭と色彩をもたらし、幻想を現前に、さらに天空の星は諧調となって不思議なメロディさえ奏でるであろう。

2

二つの役割を実現するという海人が自らに課した『白描』の条件を見るには、海人が前川佐美雄（一九〇三―一九九〇）宛に『白描』刊行を前にして出した手紙がよいであろう。『白描』巻末の「作者の言葉」と、「第一部　白描」「第二部　翳」にそれぞれつけられた前文は、成立事情と二つの世界の差異を簡潔に示しただけのもので、海人の置かれた状況と意思を見るには不足している。

ここで、手紙の前に「作者の言葉」から、「白描」と「翳」それぞれの語義について述べておきたい。「作者の言葉」に「現実の生活の翳が射してゐる」とあるが、「白描」

は「現実の生活」の〝スケッチ〟であり、「翳」はその〝かげ〟という意味であろう。なお、海人の詩には、「肉身はいつしか陰影を喪つてゐた　剝落する日ごとが白描の劃を崩して　憔悴した季節を隈どつてゐる。(略)」(「秋日」)という使用例がある。

さて、手紙とは、前川の「明石海人と『日本歌人』」(『日本歌人』一九三九年八月号、『海人全集』別巻資料編、皓星社、一九九三年)に引用されたものである。伝染病たるハンセン病者の書簡は残されないことが多く、海人の場合、ほかに短歌を通して知り合った受刑者宛の書簡、夫人宛書簡が各全集に収められているが、異数の事例である。

海人の手紙は『白描』を編むにあたって、前川に序文を依頼できない非礼をわびた断り状であるが、その心情と歌集への認識がよく語られており、この歌集が、作品一つ一つの推敲をふくめ、四囲の事情をはじめ、考えぬかれた編纂であったことがしのばれ、苦心の末の『白描』の出版と編集であることを示すものである。そして、この手紙を紹介する前川の文章は、海人について語られた多くの文章の中で、もっとも優れたものである。海人が置かれた状況にも配慮した、友情に満ちた文章であるばかりか、「第一部　白描」と「第二部　翳」とを正確に把握しており、なお「翳」への「世間」の「同情」の不足に抗議をつきつけながら、自然と優れた解説となっている。私は、正直なところ前川については、「日本浪曼派」との関係や戦時期の熱狂に辟易したこともあって、よい読者ではない。しかし海人に関してだけは別である。この文章とともに改造社版『明石海人全集』上巻で、前川が『日本歌人』掲載歌から選んだ「翳(二)」に寄せた「覚書」も逸することはできない。

ここでは、前川の文章も海人の手紙も、いずれも全文を紹介できないのは残念だが、前川の文章の一部を引いておきたい。それはハンセン病者が置かれた状況と、患者をめぐり見えないもの(癩菌)への恐怖と、それをどうすることもできない、前川のもどかしい自らへの怒り、そして医学へたたきつける怒りの文章である。

「明石君の手紙は、殆ど僕の手許には残つてゐない。封筒も中味も厳重なる消毒をなされてゐると知つてはゐても、尚僕の如きは気にかゝるのである。それが作者に対して悪いとは思ひながらも神経的にはどうすることも出来ないのである。かういふことを書いては癩者の人々は気を悪くするかも知れないけれど、それは癩者が悪いのではない。さういふ病気を根絶し得ない現今の医学に対してその無能ぶりを心から怒りたくなる僕である。これは正直な告白である。(以下略)」。

前川は正面きって医学に怒りをぶつけている。私の知る限り、強制隔離に邁進する、当時の日本の「癩医学」をこのように激しく問い糺した文章はほかにはない。もし、ほかにあげるとすれば、「癩」をめぐる感傷主義が医学から行政、そして患者自身にいたるまで蔓延していることを批判し、強制隔離に異議を唱えた「癩医学者」――自らは癩菌の培養に失敗し続けた――東大医学部教授太田正雄（木下杢太郎、一八八五―一九四五）の「動画『小島の春』」（『日本医事新報』九三五号、一九四〇年八月、『木下杢太郎全集』第十七巻、岩波書店）があるだけである。なお、太田の「新万葉集のうちの癩者の歌」（『短歌研究』一九三八年四月号、同全集第十六巻所収）のほうは論旨がやや曖昧である。なおまた、この映画の叙情性・感傷性と「癩者」の映像化の不可能性については、四国出身の伊丹万作の生々しい体験からの批評があるが、彼もまた隔離推進を唱えている点で、恐怖に加担したと見るほかにない（「映画と癩の問題」『映画評論』一九四一年五月号、『現代日本思想大系14』筑摩書房）。

前川に見る医学への怒りと苛立ちと、太田の自らが属する「癩医学」への批判（感傷主義批判）は、それぞれ問題の核心をついており、とりわけ前川の怒りとおののき――見えないものへの恐怖――は、原発・放射能をめぐる私たちの現在のそれと似ている。

海人は手紙で『日本歌人』の歌にこそ「芸術的な喜び」を感じているが、しかし「私自身は人間である以上に癩者」であり、私が作るほどの「芸術品」は世に幾らでもあるが、「癩者の生活」は我々が歌わなければ歌うものがないと言い、つぎのように述べている。

「我々の生活をできるだけ世人に理解して貰いたい。癩に対する世の関心を高めたい。自分の書くものが何等かの光となつて数万の癩者の上に還つて来るやうに。出来るなら我々のジェンナーの出現を望みたい。是が私の念願なのです。明石海人などと云ふ名がどんなに広まらうとも、私にとつては、何の喜びももたらさないばかりでなく、この頃の私を目してヂヤアナリズムの波に浮かれてゐると思ふ人があるかもしれませんが、先生にだけはこの間の私の心持を理解して頂きたいと存じますので、弁解がましい言葉を列ねました。（中略）歌集の序文を是非先生にお願ひしたいと思つて居りましたが、『日本歌人』風の歌は載せられないことになるかも知れないと思つて、遠慮致しました。歌集とは云つても一種のプロパガンダに過ぎないのですから致し方ありません。自分に金と時間の余裕があつたら純粋に芸術的な出版をしたいと思ひますが、人に出して貰ふのでさうは行き兼ねますので、この事に就きましては悪しからず御諒承下さいませ。（以下略）」。

歌集『白描』はまず「癩者の生活」を伝えることにあり、「芸術」は二の次としなければならず、歌集出版に至る経緯から、『日本歌人』風の歌は収められない事態を予想した断り状である。つまり、このことを条件に歌は推敲され、『白描』は編集されている。「第二部　翳」前文で「己が本然」とする「翳」さえも、制約・抑制なしにはないということである。

彼を高名にし、「ヂヤアナリズム」の寵児としたのは、『新万葉集』であり、歌集を出すにいたったのも、『白描』中の「第一部　白描」に展開された「癩者の生活」の歌であった。「第二部　翳」もまた、こうした制約を免れるものではなかった。ここにも「現実の生活の翳が射してゐる」のである。ここで彼は歌集出版を一種の「プロパガンダ」だと、切り捨てるような言い方をしている。前川に対するリップサービスの印象もあるが、冷静な見方でもあるだろう。

海人が言う「明石海人などと云ふ名がどんなに広まらうとも、私にとつては、何の喜びももたらさない」ということも、「父母のえらび給ひし名をすてて」(「医局」)、患者たちが本名を名乗ることができず、仮名=筆名を用いる必要があった事情を見なければならない。たとえば北條民雄の本名は現在でも明らかにされていない(高山文彦『火花――

北條民雄の生涯』飛鳥新社、一九九九年)。

海人は、また前川の文中に引かれる別の手紙で、久しく「癩者」であることを告げなかったのは、実は「ハンデイキヤップ」をつけられることをおそれたからだとも述べている。このことは改めてふれるが、これらには、なにより今あること、生きることを見つめる海人がいる。あるいは「第二部 翳」前文のことばでいえば、名前など「仮象」にすぎないと、突き放す男がいる。それはまた「限りなく生きると云ふは烏滸がまし魂などに己はならない」(『日本歌人』一九三七年三月号)とうたう海人である。ここには宗教的・文学的倒錯(=患者自身もふくめた「癩」をめぐる感傷主義)などを突き放す、方法的な、あるいはまっとうな人間がいる。

3

『白描』は、『新万葉集』の歌人たる海人が、ハンセン病患者を代表し、同時に自己の「芸術」を生かすという課題を担った歌集である。いうまでもなく、海人が歌を作り、推敲し、編集出版するには、まず愛生園の理解と、医師で短歌結社『水甕』の歌人内田守人(本名守、一九〇〇—一九八二)の援助・庇護なしにはなかった。一九三五(昭和十)年以降、失明状態にあり、なお病勢悪化の途にあった彼は、作歌自体、愛生園の療養患者の筆録などの協力を必要とし、歌集出版は内田守人をはじめ、外部の下村海南らの仲介などを条件としている。通常の作歌と推敲とは異なり、ただ一人のそれではなく、とりわけ編集段階では「気管切開」を受けるなど病勢悪化も加わり、二重三重の制約があった(内田守人「明石海人君の喉頭を切開して」『短歌研究』一九三九年四月号)。海人はいわば籠の鳥であったといってよい。つまり海人は愛生園と内田の協力・援助なしには歌集そのものを出せなかった、ということである。このような海人にとり、ただ唯一風穴だったのは、『日本歌人』であり、そして前川はこのような事情を知悉しながら、「人間として」(「作者の言葉」)海人に対していたということである。

さて『白描』の「跋」に内田は「君の作歌熱は実に驚異に値する程であつて、夜中眼が醒めると昼間の歌を再考して夜を明すことが屢々であ」ったと書いている。海人は「療友」たちを夜中に起こしてまで、辞書を引かせ、推敲を重ねたという。これはまた、類歌、改作問題となって、私たちをも悩ませるが、海人の責任ではない。

内田の「跋」には、その症状についての記述がある。それは「第一部 白描」の注解ともなり、どのような身体的条件で作歌と推敲がなされたかを伝えるものである。

「癩者に三大受難があるが、それは発病の宣告と、失明と、気管切開とである。後二者は発病後十年乃至十五年余の後に来るものであり、重病者の中では失明に陥つてゐるものが二十五%、気管を切開せる者が五%、失明と気管切開とを兼ねてゐる者が三%位居る。癩の盲人は癩性浸潤の為に、手足の知覚が侵されて点字も読むことが出来ず、総てにかんが悪く不自由なことが夥しい。明石君は失明生活既に三年、本歌集に聴覚の歌と、追想の歌が多いのは其の為である。昨年十一月には遂に病気の為に喉頭が閉塞しさうになつたので、私の手で外部から喉頭の下の気管を切開して、金属性《ママ》の呼吸管をはめて辛うじて呼吸を続けてゐるのである。之程の苦難にすら堪へて君は多くの歌を作つたが、其処に偉大なる精神力の飛躍を見ることが出来る」。

この「跋」は、全体として、海人を「癩者」の典型とし、愛生園をはじめ「癩者の生活」を代表させる、という内田の認識と意図とを色濃くもち、さらに「癩は遺伝でなく伝染病」であるという「啓蒙」と愛生園を患者の「楽園」として喧伝するという趣旨に貫かれている。むろん海人の歌への情熱を語る内田の感想は正直なものだろう。

しかし内田のこのような認識および愛生園の意向もまた海人の作歌を制約し、編集を規定している。たとえば「第一部 白描」は、内田の述べる「三大受難」の進行にそって構成されている。さらに愛生園での「癩者の生活」を描く場合でも、園の意向を考えなければならなかった。園の諸行事、歓迎式、追悼式などに即して作った歌群がある。海人はこれらを自ら「儀礼歌」と称したが（松村好之『慟哭の歌人――明石海人とその周辺』小峯書店、一九八〇年）、「南京陥落」を除き、ほぼ二首ずつ、長歌「恩賜寮」を含め二十八首が「第一部　白描」の各所に配列されている。おそらく海人は、規則的に示すことで〝儀礼〟歌として、園の要請下に歌ったことを示したのである。父の死や親しい「療友」たちの追悼の場合は二首以上を詠んでいるからだ。ただ、こうして海人は園の意向にそって「恵の鐘」の一群のような儀礼歌を詠んだが、この「癩者」を慈しむ貞明皇太后をたたえ「日の本の癩者に生れて我悔ゆるなし」とまで歌う海人の背後には、国策強制隔離という運命を受け入れざるを得ない、社会から見捨てられた患者の姿を、彼らのいわば光への渇望を見るべきだろう。海人の役割はそのような「癩者の生活」を歌にし、伝えることにある。

ところで、改造社の『新万葉集』は、そのような海人の儀礼歌のうちに、「癩者」と底辺を照らす光源（皇太后＝天皇）との結びつきを見出すことで、近代に至って「国民歌集」として見出された古代『万葉集』（品田悦一『万葉集の発明』新曜社、二〇〇一年）の再現として、そう名乗り得たという事情が浮上する。もっと言えば、海人を軸に『新万葉集』の成否に関わる構造上の問題が見えるのである。それは無名の歌人海人が、改造社挙げての支援により、『新万葉集』を代表する歌人として、一躍時代の寵児として、「天才歌人」として、誤解を恐れずにいえば、いわば作られたことをも意味している。海人は国策強制隔離と『新万葉集』の交点に位置するのである。

ここでは、概略を述べるにとどめるが、海人が『新万葉集』のスターとなったのは、『新万葉集』の「要」に位置したからである。つまり『新万葉集』の、宮廷篇を別巻として最初に出し、巻一以下が続くという構造が、ア行の彼をつなぎの位置に置き、両者を連結させ、『新万葉集』をその名に違わぬようにしたということである。『新万葉集』がこう名乗るには、宮廷と庶民との結びつきが必要である。つまり明治期に形成された、『万葉集』は天皇から名もなき東国農民までの「国民歌集」だという見方（前掲『万葉集の発明』）を『新万葉集』も踏襲している。しかし古代『万葉集』のように、あるいは『昭和万葉集』のように、もし天皇と庶民の歌とを一緒に並べたなら、言論抑圧下の当時としては、あまりにもリスクが大きかった。不敬騒動が起きかねなかったし、もしそうしたとしたなら、確実に不敬と指弾され、この大企画は破綻したであろう。そこで改造社が考えたのは、まず宮廷篇を出し、巻一以下を出すことであった。ただし、これでは「国民」歌集として〝万葉集〟と名乗るには「国民」との結びつきが弱く、巻一には宮廷篇とつなぐにふさわしい「要」を必要とした。そこで白羽の矢があたったのが明石海人である。

この宮廷篇を切り離し、連結するというありかたこそ、『新万葉集』をリスクから救い、その選歌・編集上の自由と内容の豊かさをもたらしたのである。むろん彼が宮廷とつなぐにふさわしい位置におり、またそのような歌を愛生園の儀礼の際に詠み、全国の「癩歌人」に『新万葉集』への応募を呼びかけていた内田の意向を受けて、応募していたからである(内田守人『白描』「跋」)。それは、すでにあげている「恵の鐘」の一群、貞明皇太后を称えた歌である。改造社は、彼をいやがうえにも称賛し、『新万葉集』を代表させたのである。無名歌人明石海人は当時の大手出版社改造社から歌集『白描』を出すに至り「ヂヤアナリズム」の寵児となるのである。

『新万葉集』には、先の「みめぐみは言はまくかしこ日の本の癩者に生《あ》れてわが悔むなし」の前に、

そのかみの悲田施薬のおん后今も坐《ま》すかとをろがみまつる

がある。この歌は、「癩者」を慈しむ貞明皇太后は、『万葉集』の光明皇后(聖武天皇后)の再現だという趣旨のオマージュの歌であるが、これほど『万葉集』の再現をうたう『新万葉集』にふさわしいものはなかった。こうして海人が、また「癩者の歌」が注目を浴びたことは、一方の国策強制隔離を推進するモデル事業国立療養所長島愛生園側にとっても、願ってもないことだった。とりわけ一九三六(昭和十一)年の患者の長期ストライキ事件「長島事件」後の強制収容所疑惑を覆し、天皇の慈愛のまなざしを受ける文化的「楽園」イメージを回復する上で、全国の「癩者」と海人の歌の大量入選ほどありがたいものはなかった。それは患者側においても同様であった。患者たちは、生涯を送る自分がいる場所が、天皇の慈愛が及ぶ文化的「楽園」であると信じたかった。以後、海人は、こうして社会から追放され、見捨てられた「日の本の癩者」を代表する。もちろん家族の一人を「楽園」に送り出し、残された家族も、『新万葉集』を見、やがて出版された『白描』をひそかに買い求めるだろう。海人の妻もその一人である。そこには、家族を思う患者の悲哀、病状の深刻な進行とともに、医師たちの手厚い看護、多くの著名文化人による「文化的」催事と儀礼が、「楽園」の日々と生活が、書き込まれている。しかしこれらは愛生園公認のものであることに注意する必要があるだろう。

国民病たる「結核」に先立ち、設置された国立初の療養施設、国立療養所岡山長島愛生園、国策強制隔離を推進した「救癩の父」光田健輔(一八七六—一九六四)の設計・運営になる、この「楽園」は、他の国公立の療養所とともに、ハンナ・アーレントの言う全体主義下の「収容所」、「誰もがいつなんどき落ちこむかもしれず、落ちこんだら嘗てこの世に存在したことがなかったかのように消滅してしまう忘却の穴」(新装版『全体主義の起原3』二二四頁、みすず書房、一九八一年)の日本の形式であることも見る必要がある。ここでは、これ以上の議論はしないが、罹患し、この施設に入ると、上記のような状態に置かれるのである。私が「翳(二)」を重視するのは、この日本の「忘却の穴」から、もれ出る光を見るからである。

ともあれ、海人が『新万葉集』と国策強制隔離の交点にあるというのは、以上の点においてである。

4

すでにふれてきたように、一九二九(昭和四)年、地方自治体(愛知県)にはじまる「無癩県運動」は、やがて内務省のポスター「健康保険　健康は身のため、国の為」(一九三〇年代、『国立ハンセン病資料館常設展示図録』二〇〇八年)という標語となり、軍国主義を下支えする国家レベルの運動と結びついた。「癩は遺伝ではない、伝染病である」という「癩医学者」の「啓蒙」は見えない恐怖をあおり、「癩予防法」の施行によって、国策強制隔離を推進し、患者をあぶりだすことで、「健康」を軸に「国民」の統合を果たしていった。あるいはまた民俗学の赤松啓介が指摘するように、従来から「癩病者」が匿われているという「噂のある家はどこの地方にもあっ」たが、「強制収用がはじまってから明確になった」(『差別の民俗学』ちくま学芸文庫、二〇〇五年)のであり、文化人類学の波平恵美子が言うように、「感染症(伝染病)」だという医師らの科学的啓蒙と徴兵に伴う強制措置入院＝強制収容は「ハンセン氏病について従来から存在していた疾病観念を消滅させるどころか、内容は幾分変化しながらも差別観を強化するのに大きく貢献した」(『病気と治療の文化人類学』海鳴社、一九八四年)のである。

北條民雄や明石海人はこのような状況下に登場したが、ここで同時期の文学についても一瞥しておきたい。一九三六(昭和十一)年ベストセラーとなった北條民雄の『いのちの初夜』が川端康成の命名と推薦で世に出た時期には、「癩」を扱う職業作家の文学が登場していることである。これは戦後(現在)も、三島由紀夫・松本清張らに受け継がれ、

この強制隔離期に形成された「癩」の恐怖だけを取り出し、展開軸とした物語である。この種の作品は、差別観を強化することに貢献している。ただ、これ以前の、たとえば泉鏡花の『龍潭譚』(一八九六年)などには「かったい」がしばしば登場する。物語に取り出されてくる、伝統的な業病観・差別観は打ち消しがたいにしても、ここにはあおりたてる恐怖はない。

この時期「癩」に取材した作品としてよく知られている小説に、転向作家島木健作(一九〇三—一九四五)の『癩』(一九三四年)がある。これは主人公が、刑務所で再会した元活動家のリーダーが「癩者」として現れるという、まことに愚劣な二重処罰の説話物語である。この小説はモデルの実在如何に関わらず、悪行ゆえの罰という中世業病説話の反復であり、愚劣というのは、思想犯は病によっても罰せられるというばかげた物語だからだ。

「癩」はこうして転向作家にまで浸透し、恐怖をあおっていった。転向したとはいえ、プロレタリア作家にまで「天刑」として内面化され、彼らは「癩」の恐怖に加担した。このような事態は海人の『白描』を絶賛し、小川正子の『小島の春』に共感を寄せる小田切秀雄の『万葉の伝統』(一九四一年)にまで及んでいる。すでにふれたように、伊丹万作のような人々をふくめ、彼らもまた一様に、恐怖と国策隔離を唱えていた。なお、小田切は前著の決定版(講談社、一九六八年)ではこの部分を削除している。海人を最大級に絶賛したことも忘れたのである。

5

ここで小説『いのちの初夜』と海人の『白描』「第一部 白描」を対比してみたい。施設に入ったばかりの主人公、尾田に向かって、佐柄木が語りかける部分を引く。

「ね尾田さん。あの人達は、もう人間ぢやあないんですよ。」(略)

「人間ぢやありません。尾田さん、決して人間ぢやありません。」(略)

「人間ではありませんよ。生命です。生命そのもの、いのちそのものなんです。僕の言ふこと、解つてくれますか、尾田さん。あの人達の『人間』はもう死んで亡びてしまつたんです。ただ、生命だけが、ぴくぴくと生きてゐるのです。なんといふ根強さでせう。誰でも癩になつた刹那に、その人の人間は亡びるのです。死ぬのです。社会的人間として亡びるだけではありません。そんな浅はかな亡び方では決してないのです。廃兵ではなく、廃人なんです。」

（『定本北條民雄全集』上巻、東京創元社）

このように「人間」の「亡び」、剝奪がストレートに語られるところでは、海人であれば、

人間の類を逐はれて今日を見る狙仙《そせん》が猿のむげなる清さ（「診断」中の「診断の日」）

人の世の涯《はたて》とおもふ昼ふかき癩者の島にもの音絶えぬ（「春夏秋冬」中の「秋」）

など幾層にも、それぞれの状況、場面において語るだろう。

次のものは、「紫雲英野」の「紀州粉河の近在に独居して病を養ふうち、たまたま子の訃に接す。事過ぎて既に旬日の後なり」とあるうちの一首で、『新万葉集』にとられたもの。

世の常の父子《おやこ》なりせばこころゆく歎きはあらむかかる際《きは》にも

一九二八（昭和三）年の次女の死を、葬儀も終わって知らされたことを、ほぼ十年を経て詠んだ歌である。「人の世」にあれば、「世の常の父子」として葬儀を行い、心ゆくまで嘆くところを、死も知らされず、葬儀が終わってやっと知らされたという「癩者」の境涯を歌うのである。

このようなことは海人ひとりだけのことではなかった。海人は、推敲によって、いわ

ば一個人の経験を多くの患者の経験にまで昇華したのである。次のものは、成長した長女に対するものだが、「癩者」はまた、その病を限られた家族以外には知られてはならなかった。実の子に告げることも忌避されたのである。

父我の癩を病むとは言ひがてぬこの偽りの久しくもあるか（「悌」）

つまり「人間」の「亡び」、剝奪という事態の諸相は単一でも、一様でもないし、病状・障害の度合いなどの差もあり、一個人においても、年代それぞれである。海人は、たんに自己の経験だけを詠んだのではなく、多くの患者の経験をも含めて諸相を詠んでいるのである。このことはまた他の「癩者」の歌が、海人の歌に隠れてしまうという結果をもたらしもするのであるが、それは海人のあずかり知らぬことだろうし、これは「収容所」体験者通有のこととして、別にとらえる必要がある（注記すれば、アーレントは「体験者」の「千篇一律」な証言について述べる〔前掲書、二三二頁〕）。

もちろん、彼は「療友」たちそれぞれの人生も詠むのであるが、海人の経験は、早晩「療友」たちも多くが経験することなのである。

まともなる息はかよはぬ明暮を命は悲し死にたくもなし（「気管切開」）

ここで「第一部 白描」から離れ、「第二部 翳」を見ると、つぎのような作がある。

「翳」の前文にあるように、いわば「第一部 白描」のリアリズムの世界を「仮象」とする世界である。海人自ら「本然」とする世界である。

　昼も夜も慧《さか》しくひらく耳の孔ふたつ完き不運にゐるも（「斜面」）

失明という事態にあたって、残された健全な耳は、昼も夜も休む間もない「不運」にあるというのだ。「耳」に同情する趣きである。ここには、奇妙ではあるが、ユーモアさえあるだろう。「翳」の世界を特徴づける作品である。

　さらに「翳㈡」を見ると次のようなものもある。

　いつかもう人間ならぬ我になり花におぼろな影踏み歩く（「春泥」）

　ここにある「人間」を剝奪された「我」には、奇妙な余裕を感じさせる。こうした作品を見ると、「人間」を剝奪される、ということをも反転させ——あるいは「仮象」と見なし——平然としている作者さえ見出せる。

　「人間」の「亡び」、剝奪されるという経験、事態は一様ではない。年齢、家族関係、社会関係によって異なり、「方法」によっても異なるからである。表現形式の相違、小説と短歌との相違を無視した上で言うのであるが、早熟な民雄の場合、老成しているにしても、やはり若者のそれであり、よくも悪くもストレートであって、鋭さと引き換えの見方の狭さ、経験の狭さは打ち消せない。経験の相違は、観察の相違という点で無視できない。もっともこの点で言えば二十三歳で亡くなった民雄と三十七歳で没した海人との比較は、表現形式の問題以上にすでに困難だろう。ただ、海人が見た「人間」剝奪の諸相には、時にユーモアをさえ含み、ほっとさせられるのに対し、民雄の場合「癩」への恐怖は増幅されるばかりではないかと思う。

6

ところで、いまふれた「慧《さか》しくひらく耳」に関して、私が感心させられた一首がある。

囀りの声々すでに刺すごとく森には森のゐたたまれなさ（「翳」）

森の中で私たちの無防備な耳は「刺す」ような「囀りの声々」に襲われることがある。地震台風を持ち出さずとも、自然はむき出しの敵意をあらわにする。目には緑滴る森さえも、「耳」にとって蟬の声や鳥の囀りのすさまじさは居心地のよいものではない。

あるいはこれはまた夏目漱石の『草枕』の「雲雀」の一節を想起させる。ひばりは「せっせと忙わしく、絶え間なく鳴いている。方幾里の空気が一面に蚤に刺されて居たたまれない様な気がする」。この「画工」の科白は、たとえが悪い。蚤に刺されたかゆみのいたたまれなさは、刺されてしばらくしてから、むずがゆい。海人のほうは「すでに刺す」ので、囀りの臨場感においてまさっている。海人は〝画工〟をめざした男である。「画工」の絵の腕はわからないが、文のほうでは海人が優れている。

『草枕』を引っ張り出したのはほかでもない。「第一部　白描」は、患者の生活と感情を描くリアリズムの世界だが、「第二部　翳」は、前文で言う、それらを「仮象」とする、「ポエジイ」の世界だということに関してである。

「単なる空想の飛躍でなく、まして感傷の横流でなく、刹那をむすぶ永遠、仮象をつらぬく真実を覓めて、直観によつて現実を透視し、主観によつて再構成し、之を短歌形式に表現する――日本歌人同人の唱へるポエジイ短歌論を斯く解してこの部の歌に試みた」。

ここで言う「ポエジイ」とは、「日本歌人同人」のというのであるが、特別な意味をもつものではない。つまるところ『草枕』の「画工」の言う、人は「どこへ越しても住みにくいと悟った時、詩が生れて、画ができる」のであり、「住みにくき世から、住みにくい煩いを引き抜いて、難有《ありがた》い世界をまのあたりに写すのが詩である、画である。あるいは音楽と彫刻であ」って、なお「こまかに云えば、写さないでもよい。只、まのあたりに見れば、そこに詩も生き、歌も湧く」という「詩」にほかならない。つまり「第一部　白描」の世界の「煩い」を引き抜いたものが「第二部　翳」の世界であり「ポエジイ」なので、これを読んで、ありがたい世界が、心に浮かべば十分なのである。とはいえ彼の「ポエジイ」は、時として、私たちに問題をつきつけるだろう。

一九三五(昭和十)年、海人は『日本歌人』入会時に評論「短歌に於ける美の拡大」を連載している。しかし、ここでも彼は『日本歌人』にまつわる特別な主張をしているわけではない。たとえば彼が指摘するのは従来の「短歌に於てはその形式に伴ふ伝統の根強さによつて美意識は古典の中に眠つて」おり、時代の「新しい美は必ず新しい衣装を著けて現はれる」というものであって、文学に対し自覚的に取り組む青年としては当然の認識であろう。

現代の一見難解晦渋な表現も「明瞭な表現では現しえないものを如実に描出する」ための必要からで、「芸術はどんなに幻想的な奔放なものでも所詮は時代生活の反映である」と語る。そして芸術には「全面的な時代の生活感情」が存在している必要があると述べ、『万葉集』についても、「童心の至純や原始人の素朴が魅力があるからとて、我々が時代意識を押しやつて、童謡や万葉集を、たとへ精神的にでも、模倣することは無意味である。万葉の素朴は万葉で足りる。万葉の素朴さをさながらに模した作品ができたにしても、それが万葉の埒を一歩も出でないなら、屋上屋を架するに止まり、現代人の作としては畸形であり、生命を有しない。我々は万葉の上に時代の生活感情を盛らねばならない。例へば良寛のごときも、万葉より出でて超脱を加へ、童謡には見られない理念の裏打がある。我々が万葉や良寛を尚ぶなら、昭和の万葉、一九三〇年代の良寛を志向すべきである」と述べるのである。

『万葉集』に関わる部分を引いたのは、この時期、一九三五(昭和十)年十一月、皇太后への一連の歌を愛生園の儀式の折に作っており(「恵の鐘」)、この評論と並行していることを見てほしいからである。つまり作品は愛生園の意向にそった、あくまでも儀礼歌なのである。

また「第一部 白描」には、詞書と作品、あるいは長歌の試みなどに万葉の手法を使っているが、以上のような自覚の上にあることを見てもらいたいからである。

『日本歌人』デビュー時の六回にわたったこの評論はもちろん「癩者」として語ったものではない。時代の息吹と可能性を吸い込んだ健康な評論というべきだろう。ここにはなにより時代へ切り込む姿勢があり、唯物論の影響下、科学的・合理的な精神に満ちた批評である。『日本歌人』が彼をただちに同人としたのは、当然だったであろう。

7

ところで、海人は「作者の言葉」で「私が歌を習ひはじめたのは昭和九年頃」だと言い、内田の「跋」も同様である。しかし荒波力『よみがえる〝万葉歌人〟明石海人』（新潮社、二〇〇〇年）、山下多恵子『海の蠍──明石海人と島比呂志　ハンセン病文学の系譜』（未知谷、二〇〇三年）など諸家が指摘しているように、これ以前の習作ノートがあり、かなりの量の短歌と俳句などがある。彼はまた、最初、俳句に熱心に取り組んだことも知られている。ところが、改造社版の『明石海人全集』、内田守人編『明石海人全歌集』（短歌新聞社、一九七八年）、現行の『海人全集』（皓星社、一九九三年）もともに、これらを収めていないし、ふれるところも少ない。全集と名乗りながらの、大量の俳句の未収録は理解できない。文学全集では通例考えられないことだからである。ついでに言えば『海人全集』にいたっては解説・解題もない。

このような事態は、たんに編集上の問題であるとは考えにくい。これはなにより、海人が文学者として認知されていないことに起因しているのではないかと思う。ハンセン病の下に文学が置かれているという事態が招いたとしか考えられないからだ。いわば病によって「ハンデイキヤツプ」をつけられているのである。しかし、ドストエフスキーの「癲癇」、漱石の「精神病」など、むろん子規の「結核」同様に、海人のハンセン病もまた、ひとつのエピソードなのである。海人が退けたハンディキャップは、〝病〟とその意味である。

　ふうてんくるだつそびやくらいの染色体わが眼の闇をむげに彩る（「鋳」）

　　注――ふうてん（瘋癲）、くる（痀瘻）、だつそ（脱疽）、びやくらい（白癩）。

　ここには漢字（文字）を音に還元して意味を剝奪する海人がいる。ハンセン病との闘争は、言語の恣意的な意味との結びつき、しかも患者と家族を苦しめる隠喩的な意味（S・ソンタグ『隠喩としての病い』みすず書房）との、いいかえれば「感傷の横流」との闘いであることを海人は理解していたのである。

　ともあれ、『白描』には、背景の説明がないとわかりにくい作品がある。この習作ノートを見ることで、作品が明瞭になる。

　私は愛生園の神谷美恵子を記念する「神谷書庫」（故双見美智子の管理による）に残された『稿（一）』を複写し、草稿を起こしてみている。「青明」の筆名で、一九三二年八月の日付をもち、短歌六百首、俳句百九十五句、小文などの草稿段階のノートである。未完のものもあれば、一割ほど判読できないものもある。愛生園に入る前の明石病院時代に開始されたものである。

ここでは「第一部 白描」の「おもかげ」にある、かつての旅、「曽遊」の三首を例示してみる。大正九年夏、中国天津の長兄を訪ねた海人十九歳の旅である。これには「詞書」がなく、背景が示されないとわかりにくい。

ひとしきり跳ぶや海豚《いるか》のひかりつつ朝は凪ぎたるまんまるの海
揺れやまぬ檣《ほばしら》の秀《ほ》に掃かれつつひときは明きは何の星かも
大陸の彼処にをはる夕あかね古りし砦は海の涯に見ゆ

最初の一首は海上の海豚を詠んだものであるが、ノートには中国への旅の作品は百三十七首があり、「船にそひ海豚のむれは跳びあがり跳びあがりすと海面しづけく」など類歌が三首ある。これらを参照することで、この歌の海は、彼が見慣れていた沼津や瀬戸内の海とも異なる外洋であり、洋上を行く大型船に戯れる海豚と朝凪の広大な「まんまる」の海という情景も、明瞭になるように思われる。

以下も同様なことがいえるだろう。それにしても二首目は、なんとも壮大な光景ではなかろうか。帆柱の先端に掃かれて、名もない星が燦然と光り輝くというのだから。三首目は、帰路の歌で、「古りし砦」とは、天津の港「太沽《タークー》」から見た砲台のことであろうか。ノートには「落日の空に聳ゆる太沽の砲台の下を船は過ぎゆけり」、「遠ざかる北支那の地《つち》細々と水平線上に今消えむとす」などがある。短歌のほかに俳句が九句ある。「落日や海に消えゆく太沽港」などである。

ここにはまた、

二十とせの気のかるさかや十日余の旅に着がえの一つも持たず

という一首があり、岡野久代の労作「明石海人年譜」(『海人全集　別巻』および『歌人明石海人――海光のかなたへ』静岡新聞社、二〇〇六年、所収)の「滞在数十日」を補うだろう。この旅は教員になったばかりの夏の旅で、「とつ国に住みます兄をとひなむと思ひ立ちてはや旅立ちぬ」というあわただしく、また少し無謀な旅であったらしく、神戸駅で一夜を明かし「南京虫」に食われたりしている。北京では紫禁城、頤和園の昆明湖など清朝の古跡を訪ね、万里の長城を歩いている。

長城に立ちつつ思ふ三千年《みちとせ》後の大東京都の規模の小さ、

こうして、〝二十歳〟の青年は、歴史を学び、世界にふれたのである。

これらノートを中心とした遺稿類には、海人が視力の低下に備えた、『万葉集』、釈迢空などの歌集を大きな文字で書写したものが十三冊ある（この数値は諸氏により不定だが、現存のもの）ほか、草稿ノート類を内田家が寄託した折の手紙などがある。

8

さて、多くの制約下に、いわば閉ざされた、歌集『白描』の世界を、開くのは改造社版『明石海人全集』上巻に収めた前川佐美雄選による「翳(二)」である。文庫化にあたり、海人歌をこの全集に限定したのは――前川選及び内田の選による「白描以後」と遺詠に限定したのは――前川選の「翳(二)」の世界が歌集『白描』を開くからである。ここに収められた歌群は歌集編纂時に、たんに篩いおとした残欠、未完成なもの、「未定稿ノート」（光岡良二「幻の明石海人」『海人全集　別巻』）と見なすべきではなく、海人が「『日本歌人』風の歌は載せられない」と言った歌群であり、いいかえれば『白描』の諸制約・コードから自由な歌群である。ここでは、制約を破る、海人の〝闘争〟を垣間見ることができるだろう。

それでは「翳(二)」の世界を『白描』との対比のうえで見ることにしたい。それは『白描』の「仮象」を取り払い、患者たちの、愛生園の内部を白日のもとに照らすだろう。「第一部 白描」の「島の療養所」には、島の吉事たる患者同士の婚姻、「祝言」の歌がある。

島の院の祝言の宴に招かれてをとこをみなの性《さが》をさびしむ（「病める友」）

患者同士の結婚に際して、男女の「性《さが》」を「さびしむ」というこの一首には、海人の求道性が示されていることはたしかだろう。この背後には、明石病院時代の人妻とのラブ・アフェアがあるかもしれない。海人は、この事件を自己処罰的な小説「高圧線」に書いており、「性」云々には、海人自身の苦い経験が重ねられていると理解できるからである。しかし、「翳㈡」の「奈落」にある作品では、やや遠まわしながらも、この「祝言」の内実を明らかにしている。

くすり草野にはびこれど男らはきんをぬかるる歎かひをせり

療養所内の結婚の条件は、断種であった。その男たちの嘆きを歌い、医師たちを「くすり」と呼び、「草野」（愛生園）に跋扈しているというのである。宗教家たちの男女共住反対を押し切り、療養所において患者同士の結婚を認め、世界的にも類例のない「人道的」処置と誇った光田健輔の結婚の条件を、海人は、こうして内部から告発したのである。

こうした作品群は『白描』に収めることは不可能であったし、もちろん他の雑誌類に発表することもできなかったであろう。同人誌『日本歌人』だったから可能となったのである。これもまた海人の感傷を排した、いや、怒りの「ポエジイ」である。

同様に、つぎのものは、わたしたちをも貫くだろう。

円かなる瞳の奥に今の世の人身御供といふがひそめり（「春の三角標」）

「円かなる瞳」の主は、光田健輔のもとに参集した愛生園の若き女医たち、小川正子やがて神谷美恵子などであろうか、いや慰問のひとびと、ひいては「国民」全体のそれであろうか。

海人は、『白描』で子供を慈しむ小川正子を、また彼女の病床を心配した作品を詠んでいる。その彼女が慈しむ子供は、生涯を長島ですごすように——少なくとも戦後プロミンなどによる治療が始まるまでは——小川自身が四国の山中から収容し、親元から連れてきた子供たちである。子供を慈しむ女医の「瞳の奥」に「今の世の人身御供」というまなざしを見出すのは過酷かもしれない。

小川正子は、四国山中で罹患した子供を見出し、収容するとき、つぎのような短歌を詠んでいる。

病む児持つ父が嘆きに胸うたれとぼとぼかへる上半山みち

この歌の背後には、子供を手放し、長島に送ることなど到底できないという父親に、「それは癩が遺伝ではなく伝染病だからです」という、紋切り型の説得で、子供の収容を強いる小川がいる(「土佐の秋」『小島の春――ある女医の手記』新装版、長崎出版、二〇〇三年)。

「救癩」の使命に燃え、長島愛生園にはせ参じ、自らも結核に倒れた小川正子。こうした彼女の手記にもまた、私は太田正雄が指摘した、癩医学者、行政、そして患者自身にも及ぶ感傷主義の一端を見ないわけにはいかない。

たしかなことは、これら医師たちの背後には患者たちを公共の安全のためにと、「人身御供」と見なす大多数の「国民」がいたことである。人類学のマルセル・モースは「供犠ほど公共的なものは存在しない」(「供犠」、原文は一九〇六年)と述べている。「健康」を求め、強制収用を当然とする「国民」とは「供犠」(=「人身御供」)を当然とする「国民」である。海人の「ポエジイ」とは、この種の「感傷の横流」との闘争の〝詩〟なのである。

「翳(二)」と『白描』との対比を試みた。ここで「翳(二)」を選んだ前川の「覚書」を見る必要がある。「覚書」は、改造社版『明石海人全集』上巻のために、とりわけ「翳(二)」のために前川が書いたものであるが、不思議なことに目次にはあっても実際には収録されておらず、なぜか内田編の『明石海人全歌集』に登場するという来歴をもつ。私は、ここに前川・内田間の齟齬を見出している(内田は全歌集の「解説」で、「第一部 白描」の「求道」性を重視するあまり、「翳」に対し「極めて冷淡であったことを今にして恥ずる」とし、『白描』刊行時の四囲の事情を交えて説明している)が、ここではこれ以上はふれない。

9

「覚書」で前川は、海人が一九三五(昭和十)年五月に『日本歌人』に「入社」し、翌六月号から一九三九(昭和十四)年一月号「白き餌」までほとんど休詠せず、三百八十七首に及んでいること、このうち『白描』の「第一部 白描」に三首、「第二部 翳」に百三十六首、合計百三十九首が『白描』に収められていると述べる。本当なら残りすべてを「翳(二)」に収めるべきだが、「事情があって二首だけは発表できかねる」とし、さらにもう一首は改作して二度発表しているので、これら三首を除いて二百四十五首を収めたとしている。そして本来この二百四十五首は、『白描』「第二部　翳」に収めるべきだが、そのまとまりを壊すことになり、海人の意思を尊重して独立させ、発表順に配列し、「翳(二)」としたと言う。前川は、「第二部　翳」はほとんどが『日本歌人』に発表したものだが、十八首は異なると言い、さらに改作にふれ、著しいものはどの歌かわからぬほど改作・推敲を重ねていると指摘し、「原作」を省いたと述べ、三例をあげる。ここで一例を示すと、例示された「原作」の前に、「しろがねの虚無を展べゆくかたつむり午前十時のひかりの縞に」(『日本歌人』一九三五年十一月号)があり、都合二度改稿した例である。前川はこのようなケースを一律削除している。

原作・しろがねのあとを絶ちたるかたつむり今朝は篁のひかりの縞に
(『日本歌人』一九三八年七月号)

改作・かたつむりあとを絶ちたり篁の午前十時のひかりは縞に(「年輪」)

最後に前川は、「第二部　翳」には昭和十三(一九三八)年が多く、ついで十二年で、十年は少ないと言い、最近のものが多いのは自信が加わったためかとし、また採らなかったものにも「相当の作」があると述べている。

ここで前川の言う「事情があって二首だけは発表できかねる」としたのは、『海人全集』が明らかにしている(本書には収録)。

　叛乱罪死刑宣告十五名日出づる国の今朝のニュースだ
　死をもつて行ふものを易々と功利の輩があげつらひする

『海人全集』は、一九三六(昭和十一)年「『日本歌人』の九月号は、海人のこれらの歌が主たる原因で、発禁処分を受けた。この二首は『明石海人全集』、『明石海人全歌集』にも収録されていない」と注記している。

前川は前述の「明石海人と『日本歌人』」でもこのことにふれ、この時まで海人が「癩者」であることを知らなかったと述べ、この時、「明石とは何者かと当局に訊ねられても」答える術がなかったと言う。これを機に海人から「癩者」であることを打ち明けられ、海人は「大変僕に対して気の毒がり、若し何かの処罰があるのであるなら廃人である自分にそれを負はしめられたい」と言ってきたと書いている。ここで、前川と二・二六事件との関連についてふれておく。それは、前川を歌人として高く評価していた、歌人で予備役陸軍少将、斎藤瀏(一八七九―一九五三)が、二・二六に関与し、禁固五年(実質二年)の刑を受けていたこと、また斎藤の娘の史は『日本歌人』同人であったこと、史と同年の青年将校が処刑されていることである。その処刑に、前川は詠む。

涙こそ清らにそそがれ死にゆけり若き命にしばしかたむく（『大和』）

海人と前川とは、二・二六について呼応・共感するところがあった。しかし前川の評伝（たとえば小高根二郎『歌の鬼・前川佐美雄』沖積舎）を見ても、前川と二・二六について詳細に述べながら、なぜか海人歌を原因とするこの発禁にはふれない。後年の不敬を理由とする『日本歌人』の発禁と廃刊（一九四一年八月）には詳細にふれるのであるが。

10

こうして海人の作品を読み、「健康」という私たちのかけがえのない価値にまつわる、疾患と日本の「忘却の穴」の周辺を見てくると、形は変っても、それぞれ決して過去の問題ではないことにあらためて気づかされる。

ここで、私がとった方法についてふれ、また希望を語ることとしたい。私の方法は海人が登場した『新万葉集』に彼をもどし、あらためて見直すことであった。いわば海人登場の秘密を知ろうとしたのである。そしてもう一つは、方法というよりも、「ハンディキャップ」を拒んだ海人をその「本然」に従い、文学者としてとらえかえすことであった。『草枕』を動員したのもここにあるし、彼のノート類が、また俳句の世界が手付かずの状態にあることを見たのも、文学者としての扱いを受けていないからである。むろんハンセン病との結びつきなしに、海人が知られてきたかといえば、それは困難であっただろう。しかし、彼にとりハンセン病は「仮象」であって、「ポエジイ」ではない。「感傷の横流」を否定する海人、しかし、いうまでもなく「もののあわれ」や、「感傷」が文学の第一歩であることは疑えないし、「第一部 白描」にかぎらず、患者たちの「求道」的な作品が、ハンセン病を広く伝えることも事実だろう。なにより、ハンセン病資料館をはじめ各地の療養所に残された資料・展示物を内的に埋めるのは、これらの作品である。そう考えるとき、「感傷主義」と見られ、「求道」に自己完結している作品も本質的に抵抗文学として、あらためて目前に迫ってくる。

私はまた、ここで海人を『新万葉集』を代表すべく〝作られた〟としている。しかし注目を浴び、諸雑誌に発表した作品と歌集に収められたそれとには、短期間でありながら大きな隔たりが見出される。このことは〝作られ〟ながら、これを逆手にとって、自家のものとし、短期間のうちに作り直したことを意味している。この時間は、稚拙な言い方だが、海人に訪れた「天才」の時間である。

なお、私がこの解説でふれてきた太田正雄の「癩医学から行政、患者自身に及んでいる感傷主義」という批判は、医師たちでいえば歌人光田健輔・内田守人ら、行政には大正初期に患者に短歌を勧め、「白描」中に歌われる内務官僚高野実（三人はいずれも『水甕』系歌人）と具体的に指摘できることも言い添えておきたい。またこの太田の文章を知ったのは大西巨人『神聖喜劇』であったこと、ここで私が現行『ハンセン病文学全集』（全十巻、皓星社）とは異なり、〃ハンセン病文学〃を患者の文学と限定しないのは、この太田の批判を参考にしており、さらに歴史的民俗的な説話文学（『小栗判官・照手姫』など）を視野に収める必要があるからである。

海人の文学にまつわる「ハンデイキヤップ」、このことは海人だけのことではない。はるか昔に治癒された元患者の方々も、文学ならぬ私たちの社会から復帰を拒まれ、老いて未だ「ハンデイキヤップ」を背負わされているからである。

海人の歌が、岩波文庫化によって、まず一般の読者に届き、海人が、ほぼ同年齢で死んだ正岡子規のように、一文学者として市民権を得ることを希望する。そしてもし元患者の方々の〃市民権〃回復の一助となるなら、これ以上のことはない。近代短歌の革新者子規同様——前川とともに、塚本邦雄らに注目され、いわば現代短歌の変革者のひとりであった海人も――、死因は北條民雄同様「癩」ではなく、結核だった。彼の「方法」は、視界不良の現代において、ジャンルをこえて、あらためて開示される必要がある。参考までに、海人の作品から作歌の根拠としての「私」を「方法」として見出した現代短歌入門に、佐佐木幸綱『作歌の現場』(角川書店、一九八七年)がある。また本書でふれた医師たちについてもまた、海人の「方法」はその姿を浮き彫りにするだろう。

「救癩」に生涯を捧げた光田健輔は、多くの医師たちが忌避した患者の病理解剖を行ったことで、彼を慕う神谷美恵子ら医師たちからいっそうの尊敬を受けた。しかし、やがて解剖にふせられる患者側からそれを作品化したのは海人である。

　指針《はり》尖《(さき)》に脳の重さの顫ふとき黄金《きん》の羽蟲は息絶えにけり(「翳(二)」「解剖室」)

　脳髄の空地に針をたてながら仙人掌は今日もはびこる(同)

「仙人掌」は解剖医である。光田は海人の脳の重量を「一四九〇瓦」と記し、日本人の平均を超過しているとしている(『海人遺稿』「跋」)。

最後に大岡信・大谷藤郎・加賀乙彦・鶴見俊輔編の『ハンセン病文学全集』と「解説」は、問題の所在を明示し、私の狭い見方を修正してくれた。編者のおひとりである加賀乙彦氏には、編集部の斎藤公孝氏を通してではあるが、ご助言をいただいた。また調査にあたり妻裕美子の協力を得た。記して各位に感謝したい。

〈編集付記〉

一、本書は、『白描』(改造社、一九三九年)、『明石海人全集』上巻(改造社、一九四一年)に拠っているが、『明石海人全歌集』(短歌新聞社、一九七八年)、『海人全集』(皓星社、一九九三年)も参考にした。

二、原則として、漢字は新字体に変更したが、仮名遣いに変更はない。

三、編者の補いによる振り仮名は、( )内に入れた。

初句索引

＊現代仮名遣いにより配列した。
＊初句が同じ短歌は改行して二句を記した。
＊初句が同じでも表記が異なる場合は、（　）内に示した。
＊初句・二句が同じ場合は、初句・二句のあと改行して三句を記した。
＊漢数字は頁を示す。

あ

相会ひて……………一〇五
愛執は……………一六七
相知らぬ……………三六
アイーダの……………二三〇
愛垂るる……………一六
逢見ずて……………二五
青蛙……………二三一
梧桐の……………二三六
青草に……………一六六
あを（青）空に
　砕け散る日を……二六八
　たぶらかさるる…二五四
　目かくしされた…二四四
蒼空の
　こんなにあをい…一五七
　澄みきはまれる…一五七
青蜜柑……………四三
あかあかと……………六四
赤い眼に……………二一九
あが児はも……………三三
アカシヤの……………九一
あかつきの
　風が投げこむ……二三六
　どよみを越えて…二四八
　干潟の砂は………二三五
　窗をひらけば……一八五
　夢に萌えくる……一八三
赤茄子の……………一六〇
秋さむし……………二一六
秋雨の……………八四
秋ならば……………一三六
秋ふかき
　昼のひそけさ……一一三
　もののはるけさ…二一四
秋まひる……………一三七
あきらめか……………二三七
明暮を
　あだにおろかに…一七〇
　隣寝台に……………一四八
吾子が佇つ……………四六
朝明を……………一三九
朝潟を……………二八

朝粥の……九二
朝醒めて……一三九
朝たけし……一二五
浅よひの……二一三
足(跫)音の
　絶えし巷に……一七六
　なかにすたれる……二一七
跫音を……二四二
葦の葉を……一二六
明日をさし……二五六
アダムスら……二一六
あたらしき……一一二
あたりにて……一六九
あまねかる……九〇
天地の……二二五
雨一日……九九
あやされて……一二五
あらぬ世に生れあはせて
　をみな子の……九二
　今日をみる……一六四
荒ましき……一一三
あらはなる
　虚空の距離を……一七五
　轍のあとを……一七六
あらむ世を……一七七
ありし日の……一三五
ありし日は……一六
ありし日を……四六
ある朝け……一八一
ある朝の……一七五
ある朝を……一五八
あるときは
　思はぬ窓に……一七五
　神も悪魔も……二四一
　十指の爪を……二一七
　世ののぞみをも……一四
在るまじき……一三
ある夢の……二五一
罷法の……六三

い

言ひ据ゑて……一〇八
癒えがてぬ……二九
家妻と……一二五
家なりし……一〇六
家の棟も……二四一
屋をめぐる……二〇〇
息づけば……一四一
息つめて……六九
息の孔……二六四
息の緒の
　冷えゆく夜なり……一六七
　よりて甲斐ある……一二五
幾たびを
　術なき便りは……一七
　よしと凶しと……三
幾たり(人)の
　かたゐを悶え……一四三
　友すでに盲ひ……八〇
幾年を
　かくてありけり……一一三
　はなれ棲みつつ……三
幾夜を……一四九
いささかの……一二四
石壁の……一三三
石壁は……一三三
石に凍む……一七四
石の面に……八五
医師の眼の……一一
石の間に……二一三
石塀の……二三九
いづくにか……一七三
巓の……二五六
いたむ眼を……五七
無花果の
　饐えて落ちたる……一六〇
　まばら枝すでに……二〇七
いちめんの
　枯木に花を……一八二
いちめんの壁の厚きに
　囲まれて……二二八
　かこまれて……二五九
いちやうに……二二四
いつかもう……二四四

いつしかと……………一六二
いつしかに
　狙ひ撃つ気に……一三六
　ミシンのひびき…二〇九
いつしかも
　脱失せてける……一三九
　ミシンの音は……五六
いつしんに……………一六七
いつせいに……………二二五
いつの日か……………六〇
いつの世の
　魚貝の夢か………一六九
　ねむりにかよふ…一六三
いつをかは……………七九
緒にぬけば……………二三四
井戸端の………………四五
命がけの………………二四六
命はも…………………三一
胃袋の…………………一三八
いまだきに……………一〇三
今にして………………一〇三
今はもう………………二三四
今をある………………一〇一
いやはてに……………三一
癒ゆるなき……………一四五
色あをき………………一六〇
岩かげに………………二三三
隠花属…………………二二六
引力に…………………一六九

う

穿てども………………三一
眷族など………………三一
うから皆………………一一五
うづたかき……………一八九
うすら日の……………四三
失せし眼に……………一六八
うつうつと
　眠りつ醒めつ……一五〇
　眠るともなき……一四四
うつくしき……………一八五
うつそ身は……………六七
うつらうつら
　花野のあかり……一八〇
　日の午をうたふ…二六〇
　眼下海に…………五六
　真昼をとざす……一七八
器には…………………二三四
海ぞこの………………一八二
海鳥の…………………一六一
海鳥は…………………二三三
海にくれば……………二三三
海よりに………………七三
海寄の…………………五六
梅さくら………………二〇二
裏山の…………………五五
うろこ雲………………一八五
うは温む………………二三

え

駅のまへ………………一七
兄も弟も………………四四
縁あかき………………五三
遠泳に…………………四五
縁側の…………………二二五
縁先に…………………一九九
演習の…………………六一
円心の…………………一五九
炎天に…………………二五三
煙突あり………………一七七
煙突の…………………六五
縁にゐて………………九九

お

生立ちて………………一六
追羽子の………………五三
おほかたは……………一五三
おほきな蜘蛛が………二五四
大きなる………………三四
おほ掃除………………一〇七
大掃除の………………一〇七
大掃除を………………一〇七
大空(穹)の
　蒼ひとしきり……一五七

くろくかがやく……二四三
ひかりにすさむ……二三三
おほらかに……一三九
起きい(出)でて
厨にさむき……一七三
探る溲瓶の……二〇三
嗽ぎしはぶく……一四三
手さぐる闇に……一七三
寝汗を拭ふ……二〇一
置く露の……二七
送り来し
吾子が清書は……一〇五
父が形見の……四三
おしなべて……二五四
襲ひく(来)る
青鱶鮫の……二三九
翳あはただし……二三五
白雨のつぶてに……二五三
惧れこそ……八〇
おちきたる……一八六
隕ちてくる……二一八
墜ちてゆく……二三七
弟が……八五
頤に……一八八
乙吉が……二〇
音信の……八三
音たてて……四四
訪へば……五八
踊手に……五〇
衰へし……一一〇
おのおのに……一三一
己が貌……二三九
おのが掌の……二三五
己が吹く……一五六
おのが身の……一三〇
おのづから
出で入る息の……一四一
遁るるごとき……三一
もの音絶ゆる……一八八
己には……九七
おぼろかに……七八
思ひきり……一八五
思ひ出の……八七
母父に……二六
指より……一四〇
をりをりを……八三
降りたちて……九八
おろそかに……一四

か

会堂の……五一
更へなづむ……七八
帰り来て……五八
顧みて……一一三
かへり見る……九〇
搔き剝がし……一五七
かぎりなき……一六七
柿わか葉……五七
角膜の……七六
斯もこそ……二六
かさかさと……一七九
風鳴りは……六三
痂の……一三九
霞たつ……一一二
風の夜の……一五六
風の夜は……二四三
風邪ひかば……一一六
かたゐ等は……三七
癩わが……一七
かたゐ我……一五三
かたくなに……一六一
片言の……一三五
かたつむり……一七八
かたはらに……一五六
活栓に……一三三
かつてなき……七〇
門さきに……七一
かのあたり……一八
かの浦の……四五
かの島の……二三〇
彼の指に……一〇四
壁越しの……一三〇
壁の上に……三六
紙うらに……六五

かみそりの……二五二
神のみぎ……二六一
紙襖……一六一
蚊帳ごしの……三〇
硝子戸は……二四〇
ガラス窓……三三
身体ぢゆう……一三八
殻をぬぐ……二五三
かりそめに……二一一
かはたれは……二〇七
河はらに……九一
厠戸の……八三
看護婦の……一三
元日を……五三
眼帯に……七九
監房に……二四
甘藍は……二三五

き

消えのこる……七五
気管切開
　てふ生きの命の……一四九
　はじまらむとす……一四八
きざしくる……五三
傷つける
　指をまもりて……一八〇
　老樹の肌を……二六三
帰省する……一〇六
帰省の日……三七
昨日の夜を……一八
北に向く……二三八
喜多八が……五一
気ちがひは……一九七
昨日こそ
　四方が失せたと……二二七
　我の過来し……一六三
昨日の薔薇を……二五二
きのへ子の……一一五
今日の日を……二五三
今日の訃の……四二
今日一日……一五
今日も暮れて……一七〇
今日よりぞ……四八
今日よりの……一四七
霧らひつつ……一四
雲母ひかる……一三
伐られたる……一七八
きりぎし(崖)の
　こぼれはやまず……二六〇
　坂を越ゆれば……六〇
切割くや……一四九
霧の降る……二二九
霧の夜は……二二八
霧も灯も……一七三

く

水鶏の声……一二七
草の葉に……二三七
くすり草……二六三
糊口の……九三
国二つ……九〇
首あげて……八二
雲の脊に……二三八
曇り日の……二三九
くもる眼を……七九
暗がりに……一七九
くら(暗)がりの
　褥に膝を……一一七
　天井にひろがる……二四一
暗すまの……一八九
繰りかへし……六九
繰返す……三三
狂ひたる……三三
暮れあをむ……一七九
暮れおちて……六五
暮(昏)れのこる
　黄色い壁に……二五三
　化粧鏡の……二〇九
　土の乾きに……六一
暮六つの……一〇〇
暮れゆけば……二三八
黒い眼鏡の……二二一
黒き猫……一八四
黒き蛇……一一五

さやかには……一四四
さ夜ふかく……一一三
さらばとて……一八
三面の……二一八
三りんぼう……一一四
サンルームの……七一

し

しあはせな……一七一
潮騒の……二〇〇
地獄にも……九二
後退りゆく……二一四
死しゆかむ……六七
しづかなる……七七
しづしづと……二一二
親しきが……一一六
歯朶わか葉……三
七宝の……一三
しつくひは……二二〇
地ならしの……六五
死にかはり……七〇
「屎尿屁」の……五九
島の院の……三七
島山の……五三
しまらくも……八二
しまらくを……一四七
銃口の……一六〇
消燈の……三八
称名は……二四六
照明の……七七
唱和する……四八
職を罷め……一六
初七日の……一三
白飯を……二
白罌粟を……三〇
白霜も……一九六
白珠の……二五六
白花に……二四九
しら花の……五九
白ふぢの……四一
シルレア紀の……一六八
しろがねの
鍼尖らせて……二六二
針をたつれば……一四〇
白き手の……一五九
白き猫……一八三
咳くは……一七
死をもつて……二三三
心音の……一八〇
しんしんと
梧桐の幹を……一六四
振る鐸音に……六八
診断を
今はうたがはず……一三
うべなひがたく……三
沈丁の……五四
新緑の……一八八

す

水銀柱……二二〇
頭蓋骨……二四〇
清むしろ……一〇九
すこやかに……八七
健けき……九四
已にして……二
砂浜に……五三
隅もなき……三三
簀を洩るる……五七

せ

咳く咳を……一四四
脊ばしらを……一六四
蝉の声の……一五九
蝉は鳥を……二三二
背も腹も……一七二
前栽に
菊菜つみつつ……七一
つぎて色づく……一〇一
蘚苔も……二一六
旋盤に……二一〇
洗面器の……三三

そ

総身の

毛穴血しぶき……一四二
毛穴を襲ふ……一七三
ソクラテスは……三八
そこらあたり……二五一
その翌の……八五
そのかみの……四七
その夕の……一三六
そむけたる……一一
そら鳴るは……一八五
空の青に……一七〇
空のをち……二三〇
空はもう……二三六
そんなこと……二二五

た

大楓子油……三五
太陽に……二一三
大陸の……八九
高々と……一四八
滝つぼ路……九一
滝壺は……九一
卓のしたに……二二四
たそがるる……一八八
たたかひは……二二三
畳がへ……一〇九
畳師の……一〇八
爛れ眼の……二二四
立ち出でて……一二八
たち還る……二五七
立雲の……二三一
脱走の……二三七
たてこめて……六三
足袋のまま……一一四
たましひの……二四一
偶々に……一〇六
偶々を
逢ひ見る兄が……四三
訪ひ来し声は……一一三
吉丁蟲の……二二一
たらちねの……一三〇
誰からも……二二五
貪婪を……二二〇

ち

ちひさなる……一八四
近づきて……七六
近づけば……二六〇
竹林に……一六五
父の訃は……九五
父母の……二九
父ゆゑに……四二
父我の……八七
地の底の……一八六
血みどろの……二四五
茶器棚の……八六
注射針の……二九
聴診器の……七八
腸のあたり……一八六

つ

ついたての……二六
杖さきに……一一九
杖立てて……一三〇
つぎつぎに……二二七
月の夜を……二三〇
辻々の……二一九
蔦わか葉
陽に透く朝は……二〇八
陽に透く朝を……二六
つのりくる……一七三
椿咲く……二七
つばくらめ……一三九
つぶらなる……二五七
妻は母に……一五
梅雨ば(霽)れの
岸辺をさして……六〇
夕べをながき……一三一
辛くして
息の根通ふ……一四五
吸ふなる息を……一四三
伴れられて……一三八

て

手さぐれば……九六

弟子などは……一〇八
鉄橋へ……一八
手伝人……九六
手にのこる……二一四
手にのせて……九七
手ばなしに……二一九
てり翳る……一八七
天刑と……八七
点光に……五〇
天国も……一六六
転室の……九五
天井に……八四
天井の……六八
天井も……二六一
天心に……二一〇
電燈の……一一九
天窓の……一三

と

とある夜の
　透き眼の色……二四六
　しづけさ深く……一七九
とある夜を……二四八
童心は……二一一
銅像の……一四
童貞女……二一一
遠からぬ……七五
遠く来て……二四〇
研ぎあげて……二五七
時ありて……一一〇
ときをりを……一六八
毒蝶は……二〇七
毒蜂も……二五七
年ごとの……二一五
年祝ぎの……五一
図書室の……七二
年を経て……二五
飛びこめば……一五九
鳶二つ……五六
友が言ふ……八四
友が読む……九八
ともしくも……一〇九
ともすれば……二二六
とりとめて……二
鳥は啼け……二四四

な

汝が描きし……六八
ながからむ……一〇九
ながらへて……三
亡骸を……一三
鳴き交す……九八
亡き父が……八三
鳴く蟬の……二五三
梨の実の……九三
夏立つや……二一七
夏はよし……二〇一
なにごとの……二四八
南無大師……一三一
なめくぢの……二一八
鳴りいづる……一一三
なりゆかむ……一四五
なりはひの……七四
南京落城……一一三

に

二十億の……一四三
ニッケルの……二〇八
丹のはしら……二六〇
入学試験……一〇一
庭さきに……六三
人間が……六七
人間の……一三
人蔘の……一八四

ぬ

泥濘に……一一九
額を搏つ……一七四
ぬぐ(拭)へども
　潔まらぬ掌の……二三六
　拭へども去らぬ……七九
ぬくもりの……二三八
ぬ(脱)けお(落)ちて
　木の果は白し……一六二

白桃の実の……… 二五九

ね

根こそげの……… 二四五
猫のごと……… 三三五
熱に臥す……… 一〇〇
臥てをれば
片面にあかる……… 一四七
ひびきは遠き……… 一〇〇
狙ひよる……… 一六〇

の

野茨の……… 三三六
脳髄の……… 二二一
簷さきに……… 一〇〇
簷をめぐる……… 一八九
遺されし
机の板の……… 二一八
眼鏡に翳を……… 二一〇
残された……… 二四三
載せられて……… 一四六
喉穿りて
冬を疎めば……… 二〇〇
横たはる夜の……… 一五〇
野のはてに……… 二五〇
登りきて……… 一六〇
のぼりきて……… 二六三
野を罩めて……… 二四八

は

這入り来て……… 一四七
白頭の……… 二四九
白楊の……… 一六四
柱時計……… 一六九
はすかひに……… 二〇九
畑つくり……… 一三〇
涯もなき
青海原に……… 二五八
青空をおほふ……… 一五八
はてもなく……… 一八〇
鼻ありて……… 一四一
はなし声……… 一九
花散るや……… 二一四
花びらの白く散りしき
牡丹の影……… 一五七
牡丹の木……… 二五〇
嚔れば……… 三五五
歯にしみて……… 九七
母を訪はむ……… 一〇五
薔薇苑の……… 一八三
薔薇が咲き……… 二五三
薔薇ひらき……… 一八三
玻璃ごしに……… 二〇七
指針尖に……… 二二一
春未だ……… 五三
杳かなる……… 二一四
春至らば……… 一三六
春ならば……… 一三六
春なれば……… 一三一
春の絖……… 三三六
春はやき……… 一一八
春まひる……… 二六一
ハンガリアよりの… 二二三
飯盒の……… 一三三
叛乱罪……… 二三三

ひ

日あたりの
暖かからし……… 九八
病舎の縁に……… 七一
陽あたりは……… 七一
干潟には……… 二三六
抽斗なる……… 一七一
ひきまとふ……… 一八一
髯を剃り……… 一九九
膝に来て……… 一一三
ひたごころ……… 二〇四
ひたすらに
白きおそれを……… 一六九
待ちてかぼそき… 三三五
病む眼いたはる… 二二二
癩者療救の……… 六六
ひたぶるに……… 一五八
引越しの……… 九六

人ごみに
おしつおされつ……一七六
遠ざかりゆく……二〇六
ひとしきり
青む夜空に……二五九
葦生をわたる……一三〇
入日をわすれ……二三五
遠雷あがる……二六三
跳ぶや海豚の……八九
灯のをちに……一五五
野をかけめぐる……二三三
物音絶ゆる……一五八
もりあがりくる……一六三
人づてに……九三
人なかに……一三
人の世の
こゑ還りくる……二四九
涯とおもふ……六五
人の世は……二四四
人皆の……一四三
ひとりなる……八一
日にみだす……二二
ひねもすを……一八七
日の暮に……一九九
緋の頭巾……六六
日の本の……一九六
日はあがり……一六五
日もすがら……二四六
ヒヤシンス香にたつ宵は
有るかなき……二四三
幽かなり……五七
ひやびやと……二〇九
病室に……一一七
病室の……一四七
病棟の……三一
昼こそは……二三
白日の空……二一〇
昼も夜も
疼きつくして……八〇
慧しくひらく……一六二
空の深きを……二五七

ふ

ふうてんくる……一七三
夫婦舎に……一〇〇
不運にも……一七一
ふかぶかと……七七
深みゆく……二五〇
含み鳴く……一四四
更くる夜の
アルバムの瞳は……三一
おそれを白く……一五五
壁も畳も……三三
化粧はさむし……二一八
大気ましろき……六八
大気真白き……二六一
富士が根の……九〇
不自由者と……九六
ふたた(再)びを
訪ひてよと……二六
まどろむ夢に……四〇
ふと黒き……三一
文殻を……四一
踏みしだく……一六五
踏む甃が……一七五
踏む階の……二三
冬ならば……一三六
降りいづる……七三
降りつもる……一六九
降る雨の……七六
ふるさとの
家に帰らば……二四
海にゆたけき……一〇八

へ

臍のある……一七七
室々に……一六七

ほ

防空演習の……一三四
砲身に……二六三
放送の
この人の声を……一三

予報ものうく……一〇一
星の座を
かなたこなたに……二四七
指にかざせば……一六三
隕石の群……二〇七
星の夜の……一六四
補助看護の……一三六
骨あげに……五八
骨うすき……二五五
ほのかに……三〇
ほろびゆく
官能のはてに……二五五
瞳にしみて……二一七
盆栽の……四二
発動船の……一〇七

ま

まゐらせて……一八一
籬には……二四九
まざまざと……二三九
まじまじと……七八
まじろげば……一八一
眼じろげば……二四七
まづ一つと……一三四
またさら(更)に
生きつがむとす……一四九
老いたまひけむ……四一
また一つ……三一
街なかの……二三九
まつすぐに……二三九
円かなる……二四七
窓ごとに……一七六
窓先に……一二五
窓による……二三〇
窓の外は……一八
窓の空……一三六
窓のない……二三三
まともなる
息はかよはぬ……一五〇
問答ものうく……三九
まなぶたに……一六四
まのあたり
狙ひに息を……二三八
向ひの坂を……一六一
山蚕の腹を……一八七
真昼には……二三三
賓人の……五九
転びゐる……五五
廻転椅子……二〇八
曼珠沙華……一三七
真中に……二六三
まんまんと……一七六

み

見えぬ眼を……二〇一
身がはりの……一六三
短夜の……二三一
路べりに……一二〇
路々に……一六八
水上に……二三三
みなそこ(水底)に
小魚は疾し……一八二
木漏れ日とほる……一八七
見慣れたる……七〇
身に著けて……一一八
見のこして……三四
身一つの
あらましごとぞ……一四
置き換へらるる……六九
耳の孔……一四〇
みめぐみは……四七
脈鳴りの……一五六

む

剝くからに……一〇三
蘸衾……七三

め

目かくしの……三〇
目ざ(醒)むれば
いつも一時の……一七三
ほのかに明き……九九
盲ひくれば……七六
盲ひては

幾年ならむ……………一九八
おのれが手には……一三三
もののともしく……一二四
盲わが……………………一三三
目にのこる……………八七
眼も鼻も
くされはてたる……二五四
潰え失せたる………八〇
面会に
来よと我言ふ………一九九
来むとのたまふ……八六
面会の
兄と語らふ…………四三
父なる人に…………三八

も

盲点に……………………三三
萌えいづる
銀杏の大木…………二四
椌の白芽に…………六一
木犀の……………………二一五
もの音の
けはひは絶えて……一九八
絶えてしまひし……一六五
ものみなの……………一九七
揉む瓜の…………………六三

や

八百万の…………………三九
八木節の…………………三五
焼けあとの……………二一九
山なみを…………………一七四
やむ雨の…………………九九
病む歌の…………………二〇一
疼む腹は
暫し間の………………一一四
撫であぐみつつ……一一四
病む我に…………………八六
やや強き…………………二〇八

ゆ

湯浴する…………………一〇三
夕あかる…………………四四
結ふ髪の…………………一〇三
夕経の……………………二六
夕暮れて…………………二四五
夕暮の……………………二一七
夕づけば
しづむ遠樹の………一六六
七堂伽藍……………二五一
夕凪ぐや…………………六四
夕まけて
青むおそれを………二五八
黄金の入江に………二二四
芭蕉わか葉に………六三
夕焼の……………………六三
床した(下)に
鼠のかじる…………一六五
一つゐて鳴く………七〇
ゆき交ふや……………一九
雪しづれ…………………一九七
行きすぐる……………一二四
行きちがふ……………二三八
雪の夜の…………………一九八
ゆく春の…………………二三九
ゆくりなく……………四四
夢なりと…………………四一
夢に見る…………………二三四
夢ぬちの…………………一九九
揺れやまぬ……………八九

よ

宵の間の…………………五三
横這蟹は…………………二三三
夜すがらの
看護を了へて………三六
眼のいたみを………七八
夜すがらを
案じあぐめる………一二五
脊柱の冷え…………一一五
夜な夜なを
嗽ぐならひの………一四五
夢に入りくる………一五五
余のことの……………八五

世の常の……三
世の中の……九七
夜の星の……二三八
夜の夢に……一〇五
世は今し……二一
夜一夜に……一七四
夜一夜を……一四四
昨夜の雨の……一七九
読書きに……一二四
読む声の……一三九
夜もすがら……二四〇
寄りあひて
鳴りをひそむる……二五九
ものを啖へる……二四三
よるべなく……二一七
夜をこめて
かつ萌えさかる……一八八
ひらくおもひは……二五四

ら

癩者吾が……一九六

癩すでに……九三
癩に住む
島に盲ひて……一〇九
島の作業に……三九

り

陸橋を……一五
隣室に……二一六
隣人が……二三二

れ

霊魂に……一七一
煉瓦塀……六九
れんが塀……二六二

ろ

𦿶たけく……一八二
肋骨を……二二六

わ

我疫……一〇四
わが弾丸は……三一
わがために……二四一
わが骨の……一三五
わが窓に……二四二
わが眼にも……一四八
わが病……一〇四
わが病むも……一〇四
わが指の……一七八
わが癩の……一九八
別れ来て……九二
わたる日の……一五九
童わが……二四
我のごと……四五
我のみや……八〇
われの眼の……一六六

明石海人歌集《あかしかいじんかしゅう》

2012年7月18日　第1刷発行
2025年7月29日　第2刷発行

編　者　村《むら》井《い》　紀《おさむ》

発行者　坂本政謙

発行所　株式会社　岩波書店
〒101-8002 東京都千代田区一ツ橋2-5-5

案内 03-5210-4000　営業部 03-5210-4111
文庫編集部 03-5210-4051
https://www.iwanami.co.jp/

印刷・理想社　カバー・精興社　製本・松岳社

ISBN 978-4-00-311901-3　　Printed in Japan

読書子に寄す

――岩波文庫発刊に際して――

岩波茂雄

真理は万人によって求められることを自ら欲し、芸術は万人によって愛されることを自ら望む。かつては民を愚昧ならしめるために学芸が最も狭き堂宇に閉鎖されたことがあった。今や知識と美とを特権階級の独占より奪い返すことはつねに進取的なる民衆の切実なる要求である。岩波文庫はこの要求に応じそれに励まされて生まれた。それは生命ある不朽の書を少数者の書斎と研究室とより解放して街頭にくまなく立たしめ民衆に伍せしめるであろう。近時大量生産予約出版の流行を見る。その広告宣伝の狂態はしばらくおくも、後代にのこすと誇称する全集がその編集に万全の用意をなしたるか。千古の典籍の翻訳企図に敬虔の態度を欠かざりしか。さらに分売を許さず読者を繫縛して数十冊を強うるがごとき、はたしてその揚言する学芸解放のゆえんなりや。吾人は天下の名士の声に和してこれを推挙するに躊躇するものである。このときにあたって、岩波書店は自己の責務のいよいよ重大なるを思い、従来の方針の徹底を期するため、すでに十数年以前より志して来た計画を慎重審議この際断然実行することにした。吾人は範をかのレクラム文庫にとり、古今東西にわたって文芸・哲学・社会科学・自然科学等種類のいかんを問わず、いやしくも万人の必読すべき真に古典的価値ある書をきわめて簡易なる形式において逐次刊行し、あらゆる人間に須要なる生活向上の資料、生活批判の原理を提供せんと欲する。この文庫は予約出版の方法を排したるがゆえに、読者は自己の欲する時に自己の欲する書物を各個に自由に選択することができる。携帯に便にして価格の低きを最主とするがゆえに、外観を顧みざるも内容に至っては厳選最も力を尽くし、従来の岩波出版物の特色をますます発揮せしめようとする。この計画たるや世間の一時の投機的なるものと異なり、永遠の事業として吾人は微力を傾倒し、あらゆる犠牲を忍んで今後永久に継続発展せしめ、もって文庫の使命を遺憾なく果たさしめることを期する。芸術を愛し知識を求むる士の自ら進んでこの挙に参加し、希望と忠言とを寄せられることは吾人の熱望するところである。その性質上経済的には最も困難多きこの事業にあえて当たらんとする吾人の志を諒として、その達成のため世の読書子とのうるわしき共同を期待する。

昭和二年七月

《日本文学(古典)》〔黄〕

古事記	倉野憲司校注
日本書紀 全五冊	坂本太郎・家永三郎・井上光貞・大野晋校注
万葉集 全五冊	佐竹昭広・山田英雄・工藤力男・大谷雅夫・山崎福之校注
竹取物語	阪倉篤義校訂
伊勢物語	大津有一校注
玉造小町子壮衰書 ―小野小町物語	杤尾武校注
古今和歌集	佐伯梅友校注
土左日記	紀貫之 鈴木知太郎校注
蜻蛉日記	今西祐一郎校注
紫式部日記	池田亀鑑・秋山虔校注
紫式部集 付 大弐三位集・藤原惟規集	紫式部 南波浩校注
源氏物語 全九冊	柳井滋・室伏信助・大朝雄二・鈴木日出男・藤井貞和・今西祐一郎校注
源氏物語補作 山路の露・雲隠六帖 他二篇	今西祐一郎編注
枕草子	池田亀鑑校訂
和泉式部日記	清水文雄校注
更級日記	西下経一校注
今昔物語集 全四冊	池上洵一編
堤中納言物語	大槻修校注
西行全歌集	久保田淳・吉野朋美校注
建礼門院右京大夫集 付 平家公達草紙	久保田淳・久松潜一校注
拾遺和歌集	小町谷照彦・倉田実校注
後拾遺和歌集	久保田淳・平田喜信校注
金葉和歌集	川村晃生・柏木由夫・伊倉史人校注
詞花和歌集	工藤重矩校注
古語拾遺	斎部広成撰 西宮一民校注
王朝漢詩選	小島憲之編
新訂 方丈記	市古貞次校注
新訂 新古今和歌集	佐佐木信綱校訂
新訂 徒然草	西尾実・安良岡康作校注
平家物語 全四冊	梶原正昭・山下宏明校注
神皇正統記	北畠親房 岩佐正校注
御伽草子 全二冊	市古貞次校注
王朝秀歌選	樋口芳麻呂校注
定家八代抄 ―続王朝秀歌選 全二冊	樋口芳麻呂・後藤重郎校注
閑吟集	真鍋昌弘校注
中世なぞなぞ集	鈴木棠三編
千載和歌集	久保田淳校注
謡曲選集 読む能の本	野上豊一郎編
おもろさうし	外間守善校注
太平記 全六冊	兵藤裕己校注
好色一代男	井原西鶴 横山重校訂
好色五人女	井原西鶴 東明雅校註
武道伝来記	井原西鶴 前田金五郎・横山重校注
西鶴文反古	井原西鶴 片岡良一校訂
芭蕉紀行文集 付 嵯峨日記	中村俊定校注
芭蕉 おくのほそ道 付 曾良旅日記・奥細道菅菰抄	萩原恭男校注
芭蕉俳句集	中村俊定校注
芭蕉連句集	中村俊定・萩原恭男校注
芭蕉書簡集	萩原恭男校注
芭蕉文集	潁原退蔵編註

芭蕉俳文集 全二冊　堀切実編注
芭蕉自筆 奥の細道　上野洋三・櫻井武次郎校注
蕪村俳句集 付 春風馬堤曲 他二篇　尾形仂校注
蕪村七部集　伊藤松宇校訂
近世畸人伝　伴蒿蹊・森銑三校註
雨月物語　上田秋成・長島弘明校注
宇下人言 修行録　松平定信・松平定光校訂
新訂 一茶俳句集　丸山一彦校注
一茶 父の終焉日記・おらが春 他一篇　矢羽勝幸校注
増補 俳諧歳時記栞草 全二冊　曲亭馬琴編・藍亭青藍補・堀切実校注
北越雪譜　鈴木牧之編撰・京山人百樹刪定・岡田武松校訂
東海道中膝栗毛 全二冊　十返舎一九・麻生磯次校注
浮世床　式亭三馬・和田万吉校訂
梅暦 全二冊　為永春水・古川久校訂
百人一首一夕話 全二冊　尾崎雅嘉・古川久校訂
こぶとり爺さん・かちかち山 —日本の昔ばなしI　関敬吾編
桃太郎・舌きり雀・花さか爺 —日本の昔ばなしII　関敬吾編

一寸法師・さるかに合戦・浦島太郎 —日本の昔ばなしIII　関敬吾編
芭蕉臨終記 花屋日記 付 芭蕉翁終焉記・前後日記・行状記　小宮豊隆校訂
醒睡笑 全二冊　安楽庵策伝・鈴木棠三校注
歌舞伎十八番の内 勧進帳　郡司正勝校注
江戸怪談集 全三冊　高田衛編・校注
柳多留名句選　山澤英雄選・粕谷宏紀校注
松蔭日記　上野洋三校注
鬼貫句選・独ごと　復本一郎校注
井月句集　復本一郎編
花見車・元禄百人一句　雲英末雄・佐藤勝明校注
江戸漢詩選 全二冊　揖斐高編訳
説経節 俊徳丸・小栗判官 他三篇　兵藤裕己編注

《日本思想》〔青〕

風姿花伝（花伝書）	世阿弥 野上豊一郎・西尾実 校訂
五輪書	宮本武蔵 渡辺一郎 校注
葉隠 全三冊	山本常朝 和辻哲郎・古川哲史 校訂
養生訓・和俗童子訓	貝原益軒 石川謙 校訂
貝原益軒 大和俗訓	石川謙 校訂
蘭学事始	杉田玄白 緒方富雄 校註
島津斉彬言行録	牧野伸顕 序
塵劫記	吉田光由 大矢真一 校注
兵法家伝書 付 新陰流兵法目録事	柳生宗矩 渡辺一郎 校注
農業全書	宮崎安貞 編録 貝原楽軒 刪補 土屋喬雄 校訂
上宮聖徳法王帝説	東野治之 校注
霊の真柱	平田篤胤 子安宣邦 校注
仙境異聞・勝五郎再生記聞	平田篤胤 子安宣邦 校注
茶湯一会集・閑夜茶話	井伊直弼 戸田勝久 校注
西郷南洲遺訓 附 手抄言志録及遺文	山田済斎 編
文明論之概略	福沢諭吉 松沢弘陽 校注
新訂 福翁自伝	富田正文 校訂
学問のすゝめ	福沢諭吉
福沢諭吉教育論集	山住正己 編
福沢諭吉家族論集	中村敏子 編
福沢諭吉の手紙	慶應義塾 編
新島襄の手紙	同志社 編
新島襄 教育宗教論集	同志社 編
新島襄自伝 —手記・紀行文・日記	同志社 編
植木枝盛選集	家永三郎 編
日本の下層社会	横山源之助
中江兆民 三酔人経綸問答	桑原武夫・島田虔次 訳・校注
中江兆民評論集	松永昌三 編
一年有半・続一年有半	中江兆民 井田進也 校注
憲法義解	伊藤博文 宮沢俊義 校註
日本風景論	志賀重昂 近藤信行 校訂
日本開化小史	田口卯吉 嘉治隆一 校訂
新訂 蹇蹇録 —日清戦争外交秘録	陸奥宗光 中塚明 校注
茶の本	岡倉覚三 村岡博 訳
武士道	新渡戸稲造 矢内原忠雄 訳
新渡戸稲造論集	鈴木範久 編
キリスト信徒のなぐさめ	内村鑑三
余はいかにしてキリスト信徒となりしか	内村鑑三 鈴木範久 訳
代表的日本人	内村鑑三 鈴木範久 訳
後世への最大遺物・デンマルク国の話	内村鑑三
宗教座談	内村鑑三
ヨブ記講演	内村鑑三
足利尊氏	山路愛山
徳川家康 全二冊	山路愛山
妾の半生涯	福田英子
三十三年の夢	宮崎滔天 島田虔次・近藤秀樹 校注
善の研究	西田幾多郎
西田幾多郎哲学論集 II —論理と生命 他四篇	上田閑照 編
西田幾多郎哲学論集 III —自覚について 他四篇	上田閑照 編
西田幾多郎歌集	上田薫 編

西田幾多郎講演集　田中裕編
西田幾多郎書簡集　藤田正勝編
帝国主義　幸徳秋水／山泉進校注
兆民先生 他八篇　幸徳秋水／梅森直之校注
基督抹殺論　幸徳秋水
貧乏物語　河上肇／大内兵衛解題
河上肇評論集　杉原四郎編
西欧紀行 祖国を顧みて　河上肇
中国文明論集　宮崎市定／礪波護編
史記を語る　宮崎市定
中国史 全二冊　宮崎市定
大杉栄評論集　飛鳥井雅道編
女工哀史　細井和喜蔵
奴隷 ―小説・女工哀史1　細井和喜蔵
工場 ―小説・女工哀史2　細井和喜蔵
初版日本資本主義発達史 全二冊　野呂栄太郎
谷中村滅亡史　荒畑寒村

遠野物語・山の人生　柳田国男
海上の道　柳田国男
野草雑記・野鳥雑記　柳田国男
孤猿随筆　柳田国男
婚姻の話　柳田国男
都市と農村　柳田国男
十二支考 全二冊　南方熊楠
津田左右吉歴史論集　今井修編
特命全権大使 米欧回覧実記 全五冊　久米邦武編／田中彰校注
日本イデオロギー論　戸坂潤
古寺巡礼　和辻哲郎
風土 ―人間学的考察　和辻哲郎
イタリア古寺巡礼　和辻哲郎
倫理学 全四冊　和辻哲郎
人間の学としての倫理学　和辻哲郎
日本倫理思想史 全四冊　和辻哲郎
「いき」の構造 他二篇　九鬼周造

九鬼周造随筆集　菅野昭正編
偶然性の問題　九鬼周造
時間論 他二篇　九鬼周造／小浜善信編
田沼時代　辻善之助
パスカルにおける人間の研究　三木清
構想力の論理 全二冊　三木清
漱石詩注　吉川幸次郎
新版 きけ わだつみのこえ ―日本戦没学生の手記　日本戦没学生記念会編
新版 第二集 きけ わだつみのこえ ―日本戦没学生の手記　日本戦没学生記念会編
君たちはどう生きるか　吉野源三郎
地震・憲兵・火事・巡査　山崎今朝弥／森長英三郎編
懐旧九十年　石黒忠悳
武家の女性　山川菊栄
覚書 幕末の水戸藩　山川菊栄
忘れられた日本人　宮本常一
家郷の訓　宮本常一
大阪と堺　三浦周行／朝尾直弘編

- 国家と宗教 —ヨーロッパ精神史の研究　南原繁
- 石橋湛山評論集　松尾尊兊編
- 民藝四十年　柳宗悦
- 手仕事の日本　柳宗悦
- 工藝文化　柳宗悦
- 南無阿弥陀仏 付 心偈　柳宗悦
- 柳宗悦茶道論集　熊倉功夫編
- 雨夜譚 —渋沢栄一自伝　長幸男校注
- 中世の文学伝統　風巻景次郎
- 平塚らいてう評論集　小林登美枝・米田佐代子編
- 最暗黒の東京　松原岩五郎
- 日本の民家　今和次郎
- 原爆の子 —広島の少年少女のうったえ 全二冊　長田新編
- 暗黒日記 —一九四二—一九四五　清沢洌 山本義彦編
- 臨済・荘子　前田利鎌
- 『青鞜』女性解放論集　堀場清子編
- 大津事件 —ロシア皇太子大津遭難　尾佐竹猛 三谷太一郎校注

- 幕末遣外使節物語 —夷狄の国へ　尾佐竹猛 吉良芳恵校注
- 極光のかげに —シベリア俘虜記　高杉一郎
- イスラーム文化 —その根柢にあるもの　井筒俊彦
- 意識と本質 —精神的東洋を索めて　井筒俊彦
- 神秘哲学 —ギリシアの部　井筒俊彦
- 意味の深みへ —東洋哲学の水位　井筒俊彦
- コスモスとアンチコスモス —東洋哲学のために　井筒俊彦
- 幕末政治家　福地桜痴 佐々木潤之介校注
- 渡辺一夫評論選 狂気について 他二十二篇　大江健三郎・清水徹編
- 維新旧幕比較論　木下真弘 宮地正人校注
- 被差別部落一千年史　高橋貞樹 沖浦和光校注
- 花田清輝評論集　粉川哲夫編
- 英国の文学　吉田健一
- 中井正一評論集　長田弘編
- 山びこ学校　無着成恭編
- 考史遊記　桑原隲蔵
- 福沢諭吉の哲学 他六篇　丸山眞男 松沢弘陽編

- 政治の世界 他十篇　丸山眞男 松本礼二編注
- 超国家主義の論理と心理 他八篇　丸山眞男 古矢旬編
- 田中正造文集 全二冊　由井正臣・小松裕編
- 国語学史　時枝誠記
- 定本 育児の百科 全三冊　松田道雄
- 大西祝選集 哲学篇 全二冊　小坂国継編
- 哲学の三つの伝統 他十二篇　野田又夫
- 大隈重信演説談話集　早稲田大学編
- 大隈重信自叙伝　早稲田大学編
- 人生の帰趣　山崎弁栄
- 転回期の政治　宮沢俊義
- 何が私をこうさせたか —獄中手記　金子文子
- 明治維新　遠山茂樹
- 禅海一瀾講話　釈宗演
- 明治政治史　岡義武
- 転換期の大正　岡義武
- 山県有朋 —明治日本の象徴　岡義武

近代日本の政治家　岡　義武

ニーチェの顔 他十三篇　氷上英廣 三島憲一 編

伊藤野枝集　森まゆみ編

前方後円墳の時代　近藤義郎

日本の中世国家　佐藤進一

岩波茂雄伝　安倍能成

《日本文学(現代)》〔緑〕

- 怪談 牡丹燈籠　三遊亭円朝
- 小説神髄　坪内逍遥
- 当世書生気質　坪内逍遥
- アンデルセン 即興詩人 全二冊　森鷗外訳
- ウィタ・セクスアリス　森鷗外
- 青年　森鷗外
- 雁　森鷗外
- 阿部一族 他二篇　森鷗外
- 山椒大夫・高瀬舟 他四篇　森鷗外
- 渋江抽斎　森鷗外
- 舞姫・うたかたの記 他三篇　森鷗外
- 鷗外随筆集　千葉俊二編
- 大塩平八郎 他三篇　森鷗外
- 浮雲　二葉亭四迷 十川信介校注
- 吾輩は猫である　夏目漱石
- 坊っちゃん　夏目漱石
- 草枕　夏目漱石
- 虞美人草　夏目漱石
- 三四郎　夏目漱石
- それから　夏目漱石
- 門　夏目漱石
- 彼岸過迄　夏目漱石
- 漱石文芸論集　磯田光一編
- 行人　夏目漱石
- こころ　夏目漱石
- 硝子戸の中　夏目漱石
- 道草　夏目漱石
- 明暗　夏目漱石
- 思い出す事など 他七篇　夏目漱石
- 文学評論 全二冊　夏目漱石
- 夢十夜 他二篇　夏目漱石
- 漱石文明論集　三好行雄編
- 倫敦塔・幻影の盾 他五篇　夏目漱石
- 漱石日記　平岡敏夫編
- 漱石書簡集　三好行雄編
- 漱石俳句集　坪内稔典編
- 漱石・子規往復書簡集　和田茂樹編
- 文学論 全二冊　夏目漱石
- 坑夫　夏目漱石
- 漱石紀行文集　藤井淑禎編
- 二百十日・野分　夏目漱石
- 五重塔　幸田露伴
- 努力論　幸田露伴
- 一国の首都 他一篇　幸田露伴
- 渋沢栄一伝　幸田露伴
- 飯待つ間 ―正岡子規随筆選　正岡子規 阿部昭編
- 子規句集　高浜虚子選
- 病牀六尺　正岡子規
- 子規歌集　土屋文明編
- 墨汁一滴　正岡子規

仰臥漫録	正岡子規
歌よみに与ふる書	正岡子規
獺祭書屋俳話・芭蕉雑談	正岡子規
子規紀行文集	復本一郎編
正岡子規ベースボール文集	復本一郎編
金色夜叉 全二冊	尾崎紅葉
多情多恨	尾崎紅葉
不如帰	徳冨蘆花
武蔵野	国木田独歩
運命	国木田独歩
愛弟通信	国木田独歩
蒲団・一兵卒	田山花袋
田舎教師	田山花袋
一兵卒の銃殺	田山花袋
あらくれ・新世帯	徳田秋声
藤村詩抄	島崎藤村自選
破戒	島崎藤村

桜の実の熟する時	島崎藤村
夜明け前 全四冊	島崎藤村
藤村文明論集	十川信介編
生ひ立ちの記 他一篇	島崎藤村
島崎藤村短篇集	大木志門編
にごりえ・たけくらべ	樋口一葉
大つごもり・十三夜 他五篇	樋口一葉
修禅寺物語 正雪の二代目 他四篇	岡本綺堂
高野聖・眉かくしの霊	泉鏡花
歌行燈	泉鏡花
夜叉ケ池・天守物語	泉鏡花
草迷宮	泉鏡花
春昼・春昼後刻	泉鏡花
鏡花短篇集	川村二郎編
日本橋	泉鏡花
外科室・海城発電 他五篇	泉鏡花
海神別荘 他二篇	泉鏡花

鏡花随筆集	吉田昌志編
化鳥・三尺角 他六篇	泉鏡花
鏡花紀行文集	田中励儀編
俳句はかく解しかく味う	高浜虚子
俳句への道	高浜虚子
立子へ抄 —虚子より娘へのことば—	高浜虚子
回想 子規・漱石	高浜虚子
有明詩抄	蒲原有明
宣言	有島武郎
カインの末裔・クララの出家	有島武郎
一房の葡萄 他四篇	有島武郎
寺田寅彦随筆集 全五冊	小宮豊隆編
柿の種	寺田寅彦
与謝野晶子歌集	与謝野晶子自選
与謝野晶子評論集	鹿野政直・香内信子編
私の生い立ち	与謝野晶子
つゆのあとさき	永井荷風

岩波文庫の最新刊

E・H・カー著／中村研一訳
平和の条件
第二次世界大戦下に出版された戦後構想。破局をもたらした根本原因をさぐり、政治・経済・国際関係の変革を、実現可能なユートピアとして示す。
〔白二二-二〕 定価一七一六円

芥川龍之介選 澤西祐典・柴田元幸編訳
英米怪異・幻想譚
芥川が選んだ「新らしい英米の文芸」は、当時の〈世界文学〉最前線であった。芥川自身の作品にもつながる〈怪異・幻想〉の世界が、十二名の豪華訳者陣により蘇る。〔赤N二〇八-一〕 定価一五七三円

正岡子規著
俳諧大要
正岡子規(一八六七—一九〇二)による最良の俳句入門書。初学者へ向けて要諦を簡潔に説く本書には、俳句革新を志す子規の気概があふれている。
〔緑一三-七〕 定価五七二円

レッシング作／笠原賢介訳
賢者ナータン
十字軍時代のエルサレムを舞台に、ユダヤ人商人ナータンが宗教的対立を超えた和合の道を示す。寛容とは何かを問うたレッシングの代表作。
〔赤四〇四-二〕 定価一〇〇一円

……今月の重版再開……

曲亭馬琴著／徳田武校注
近世物之本江戸作者部類
定価一二七六円〔黄二二五-七〕

実吉捷郎訳
トオマス・マン短篇集
定価一一五五円〔赤四三三-四〕

定価は消費税10％込です　2025. 4

岩波文庫の最新刊

サン＝テグジュペリ作／野崎 歓訳

夜間飛行・人間の大地

「愛するとは、ともに同じ方向を見つめること」――長距離飛行の先駆者＝作家が、天空と地上での生の意味を問う代表作二作。原文の硬質な輝きを伝える新訳。〔赤N五一六-二〕 定価一二二一円

久保田淳校注

百人一首

藤原定家撰とされてきた王朝和歌の詞華集《アンソロジー》。代表的な古典文学として愛誦されてきた。近世までの諸注釈に目配りをして、歌の味わいを楽しむ。〔黄一二七-四〕 定価一七一六円

ショーペンハウアー著／藤野 寛訳

自殺について 他四篇

名著『余録と補遺』から、生と死をめぐる五篇を収録。人生とは欲望が満たされぬ苦しみの連続であるが、自殺は偽りの解決策として斥ける。新訳。〔青六三二-一〕 定価七七〇円

ゲルツェン著／金子幸彦・長縄光男訳

過去と思索 (七)

一八六三年のポーランド蜂起を支持したゲルツェンは、ロシアの世論から孤立し、新聞《コロコル》も終刊、時代の変化を痛感する。（全七冊完結）〔青N六一〇-八〕 定価一七一六円

……今月の重版再開……

中勘助作

鳥の物語

〔緑五一-二〕 定価一〇一二円

中勘助作

提婆達多

〔緑五一-五〕 定価八五八円